ANECDOTES
LITTÉRAIRES,
OU
HISTOIRE

*De ce qui est arrivé de plus singulier & de
plus intéressant aux Ecrivains François,
depuis le renouvellement des Lettres sous
François I. jusqu'à nos jours.*

Nouvelle Edition augmentée.

TOME PREMIER.

A LA HAYE,

Chez PIERRE GOSSE Junior,

M. DCC. LVI.

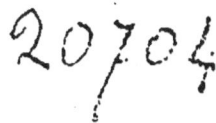

AVERTISSEMENT
DU LIBRAIRE.

LE Recueil qu'on publie aujourd'hui a paru précieux à quelques perſonnes de goût; & leur ſuffrage m'a déterminé à le donner au Public. Toutes les Anecdotes qui le compoſent ne ſont pas également agréables; mais il n'y en a aucune qui n'ait quelque agrément. On auroit pu les lier les unes aux autres; on ne l'a pas jugé à propos, parce que les traits vifs & ſaillans produiſent un plus grand effet quand ils ſont détachés. Les Ecrivains les plus célebres ne ſont pas toujours ceux qui occupent le plus de terrein; c'eſt moins le talent que le caractere qui rend intéreſſante la vie des hommes. Quoiqu'on n'ait rien négligé pour rendre cette compilation complette, il fera ſans doute échappé beaucoup de faits qui méritent d'être conſervés.

Cet Ouvrage a été augmenté de quelques articles nouveaux, qui ne ſe trouvent point dans l'édition de 1752. C'eſt l'unique mérite de cette nouvelle réimpreſſion.

TABLE

TABLE

DES NOMS DES AUTEURS,
dont il est parlé dans cet Ouvrage.

TOME PREMIER.

TABLE.

Fin de la Table du premier Tome.

ANECDOTES

ANECDOTES LITTÉRAIRES.

GUILLAUME BUDÉ,

né à Paris l'an 1467, mort en 1540.

I.

UDÉ n'avoit aucun goût pour les Sciences dans sa jeunesse, & se mit assez tard à étudier : il est le premier qui ait contribué au renouvellement des Lettres en France, sous François Premier ; ce fut à sa persuasion que ce grand Prince fonda le College royal.

II.

La femme de Budé, bien loin d'empêcher que son mari n'étudiât, lui servoit de second, & lui cherchoit les paſſages & les livres néceſſaires. Ce ſavant homme ſe repréſente dans une de ſes Lettres comme marié à deux femmes : l'une étoit celle qui lui donnoit des fils & des filles ; l'autre étoit la philologie, qui lui produiſoit des livres. Les douze premieres années, la philologie fut moins féconde que le mariage. Budé avoit moins produit de livres que d'enfans ; il avoit plus travaillé du corps que de l'ame ; mais il eſpéroit qu'enfin il feroit plus de livres que d'enfans.

III.

Un Domeſtique effrayé avertit un jour Budé dans ſon cabinet, que le feu venoit de prendre à la maiſon : avertiſſez ma femme, répondit-il froidement; vous favez que je ne me mêle point du ménage.

IV.

Louis Vivés, en parlant de Budé; dit : *Felix & fecundum ingenium, quod in eo folo invenit doctorem & difcipulum.*

CLEMENT MAROT,
né à Cahors l'an 1495, mort en 1544.

I.

MAROT s'étant brouillé avec une de fes maîtreffes, elle le dénonça au Docteur Bouchard, Inquifiteur de la Foi, comme un homme qui n'obfervoit point l'abftinence prefcrite par l'Eglife, & qui par là rendoit fa foi fufpecte. Sur cette dénonciation, l'Inquifiteur le fit arrêter & conduire en prifon; fes protecteurs l'en firent fortir, fes ennemis l'y firent remettre; il en fortit encore & fe retira à Geneve.

I I.

IL eſt certain que Marot fut chaſſé de Geneve; on n'en fait pas la raifon. Victor Cayet a écrit qu'il débaucha la femme de fon hôte; & que comme l'adultere eſt puni de mort à Geneve, il n'auroit pas manqué d'être pendu, fi le crédit de Calvin n'eût fait commuer cette peine en celle d'être fouetté par tous les carrefours de cette Ville. Cela paroît un conte fait à plaifir; car, comment Marot, fi une telle avanture lui étoit arrivée, auroit-il ofé fe préſenter après, comme il fit, devant ceux qui commandoient en Piedmont pour le Roi de France? La chofe n'eſt pas vraiſemblable : il fixa fa demeure à Turin, où il vécut & mourut pauvre. Quoique Marot fût Valet de Chambre du Roi, il étoit dans une indigence extrême;

il préſenta ce Placet à François Premier, pour tâcher d'en avoir quelque
gratification.

Plaiſe au Roi me donner cent livres,
Pour acheter livres & vivres:
De livres je me paſſerois;
Mais de vivres je ne ſaurois.

III.

CHARLEVAL avoit mis cette Epigramme à la tête de ſon Marot, en
l'envoyant à une Dame qui l'avoit prié
de le lui prêter.

Les œuvres de Maitre Clément
Ne ſont point gibier à dévote,
Je vous les prête ſeulement,
Gardez bien qu'on ne vous les ôte:
Si quelqu'un vous les eſcamotte,
Je le donne au Diable Aſtarot;
Chacun eſt fou de ſa marotte;
Moi je le ſuis de mon Marot.

IV.

MONSIEUR Broſſette, connu par
ſon Commentaire ſur Deſpréaux, écrivoit à Rouſſeau: Je ne connois après

A iij

Marot, que trois perſonnes en France, qui aient parfaitement réuſſi dans le genre Epigrammatique; ces trois perſonnes ſont, Deſpréaux, Racine & vous. Je ſuis ſeulement fâché, que Deſpréaux en ait fait quelques-unes de trop; que Racine n'en ait point fait aſſez, & que vous n'en faſſiez plus.

PIERRE DUCHATEL,
né à Langres, mort en 1552.

I.

FRANÇOIS Premier ayant entendu quelques diſcours de Duchatel qui le charmerent, eut la curioſité de ſavoir s'il étoit Gentilhomme. *Je ne ſais pas bien duquel des trois qui étoient dans l'Arche de Noé je ſuis ſorti*, répondit Duchatel.

II.

FRANÇOIS Premier diſoit que de pluſieurs hommes très-doctes, avec lefquels il s'étoit entretenu, il n'avoit trouvé que Duchatel qui eut pû fournir de nouvelles chofes plus de deux ans. Tous les autres fe trouvoient bien-tôt au bout de leur rôle & étoient réduits à répéter ou à fe taire..... J'ai vû, dit un écrivain célebre, un fameux Hiftoriographe de France, avouer ingénument qu'il ne favoit pas en quel fiecle vivoit Philippe le Bel.... Le Maréchal de Créqui, s'étant retiré dans une maifon de Campagne pendant fa difgrace de 1672, demanda le plus favant homme du quartier; on lui amena le prieur du Monaftere, qui favoit une infinité de chofes. Quinze jours ne fe pafferent point fans qu'il dit qu'on lui avoit amené un des plus ignorans hommes du monde.... Le Préfident de Mefmes étoit favant, & fe plaifoit fi fort dans la converfation des favans, qu'on difoit de lui, qu'en huit jours de temps il épuifoit un Docteur. A iv

III.

LES envieux de Duchatel vouloient faire venir de Normandie un nommé Bigot, pour le fupplanter par fon moyen. François Premier, à qui l'on en avoit parlé, demanda à Duchatel quel homme c'étoit, que ce M. Bigot; il répondit, que c'étoit un Philofophe qui fuivoit les fentimens d'Ariftote. Eh! quels font les fentimens d'Ariftote, continua le Prince? Sire, repartit Duchatel, Ariftote préfere les Républiques à l'Etat monarchique. Cela fit une telle impreffion fur l'efprit du Roi, qu'il ne voulut plus entendre parler de ce M. Bigot.

IV.

FRANÇOIS Premier ayant fait mettre le Chancelier Poyet en prifon pour une chofe qui ne le méritoit pas, dit à Duchatel: Vous devez être bien aife de voir dans la difgrace un homme qui a fi conftamment & fi opiniâtrément travaillé à votre ruine. Sire, répondit Duchatel, il ne falloit pas l'envoyer en prison pour si peu de chose ; il avoit fait autrefois tant de crimes qui le méritoient mieux. Je n'ai pas , interrompit le Roi , tant de tort que vous pensez ; quand le fruit d'un arbre n'est pas mûr , un grand vent a beau souffler, il n'abat pas le fruit : mais quand il est parvenu à sa maturité , il ne faut que le moindre petit souffle pour le faire tomber.

V.

L E zele de Duchatel pour la Religion Catholique , ne l'empêcha pas d'être soupçonné d'héréfie. Il dit dans l'Oraison Funebre de François Premier , qu'il croyoit que l'ame de ce Prince étoit allée tout droit en Paradis. La Sorbonne , allarmée au sujet du Purgatoire , envoya des Députés à la Cour : ils tomberent , dit M. de Thou,

entre les mains d'un Prieur qui fe moqua d'eux. Je connois, leur dit - il,
l'humeur du feu Roi ; il ne s'arrêtoit
guere en un même lieu ; & s'il a paffé
par le Purgatoire, ce n'a été que pour
y goûter le vin.

FRANÇOIS RABELAIS,
né en Touraine vers l'an 1483,
mort en 1553.

I.

LE Chancelier Duprat ayant fait
abolir, par Arrêt du Parlement,
les priviléges de la Faculté de Médecine
de Montpellier, Rabelais eut l'adreffe
de le faire révoquer ; & c'eft, dit-on,
pour cette raifon, que ceux qui font
reçus Docteurs en cette Univerfité,
portent la robe de Rabelais, qui y eft
en grande vénération. L'artifice dont
il fe fervit pour avoir audience du
Chancelier eft affez fingulier, s'il eft

vrai ; il s'adreſſa au Suiſſe de ce Magiſtrat, auquel il parla Latin ; celui-ci
ayant fait venir un homme qui ſavoit
cette Langue, Rabelais lui parla Grec ;
un autre qui entendoit le Grec ayant
paru, il lui parla Hébreu, & l'on ajoute
qu'il parla encore pluſieurs autres Langues ; mais on ſe trompe au moins en
y comprenant l'Arabe, dont il n'avoit
aucune teinture. La capacité de Rabelais ſurpris tellement l'aſſemblée, que
l'on courut en avertir le Chancelier, qui
charmé de la harangue qu'il lui fit, &
de la ſcience qu'il fit paroître, rétablit à
ſa conſidération, tous les privileges de
l'Univerſité de Montpellier, qui avoient
été abolis.

II.

ON lit dans le moyen de parvenir,
que le Cardinal du Belay, dont Rabelais étoit Médecin, étant malade d'une
humeur hypocondriaque, il fut aviſé par

la docte conférence des Docteurs, qu'il
falloit faire à Monseigneur une décoc-
tion apéritive. Rabelais sur cela sort,
laisse ces Messieurs achever de caque-
ter pour mieux employer l'argent, &
fait mettre au milieu de la cour un tré-
pied sur un grand feu, un chauderon
dessus plein d'eau, où il mit le plus de
clés qu'il pût trouver, & en pourpoint
comme ménager, remuoit les clés avec
un bâton pour leur faire prendre cuisson.
Les Docteurs descendus voyant cet ap-
pareil, & s'en enquêtant, il leur dit :
Messieurs, j'accomplis votre ordonnance,
d'autant qu'il n'y a rien tant apéritif que
les clés ; & si vous n'êtes pas contens,
j'enverrai à l'Arsenal querir quelques
pieces de canon, ce sera pour faire la
derniere ouverture.

I I I.

RABELAIS, étant à Rome avec le
Cardinal du Belay, parla si librement,

qu'il fut obligé de se sauver en France
en assez mauvais équipage. Ayant gagné la Ville de Lyon, il s'avisa pour
vivre d'un plaisant stratagême, & qui
eût été dangereux à un homme moins
connu; il alla demander à une hôtellerie bon souper & un bon lit, di-
que quoiqu'il fût mal vêtu & à
il payeroit bien. Après son souper, il remplit plusieurs petits sacs de
cendre, & demanda un jeune garçon
qui sût écrire, il fit faire par cet enfant
plusieurs Billets, sur l'un desquels il y
avoit, poison pour faire périr le Roi;
sur le second, poison pour faire mourir
la Reine; & il appliqua ensuite ces billets sur chacun des petits sacs; & dit à
l'enfant, gardez-vous bien de parler de
cela à votre pere & à votre mere; il y
va de votre vie & de la mienne. L'enfant, comme Rabelais l'avoit prévû,
n'eut rien de plus pressé que de dire

ce qu'on lui avoit recommandé de tenir secret ; fa mere, toute tranfie de peur, courut chez le Magiftrat. Rabelais eft faifi avec fes petits facs : il demanda d'être traduit à la Cour, où il a d'étranges chofes à dire. Pour que le chagrin ne le tue pas en route, on lui fait bonne chere, & on le monte fur un excellent cheval ; arrivé à la Cour, Rabelais conte fon hiftoire ; le tout fe termina à faire rire la Cour.

I V.

MALGRÉ tout ce qu'on a publié contre Rabelais, il eut les mœurs affez pures, & il mourut d'une maniere édifiante ; il faut donc mettre au nombre des fables les circonftances ridicules qu'on rapporte de fa mort ; telle qu'eft celle du *Domino*, qu'il voulut mettre dans fes derniers momens, parce qu'il eft dit dans l'Ecriture : *Beati qui in Domino moriuntur* : ce que l'on veut qu'il ait dit au page que le Cardinal du Belay lui envoya pour ſavoir des nouvelles de ſa ſanté ; *Dis à Monſeigneur l'état où tu me vois, je vais chercher un grand peut-être, il eſt au nid de la pie, dis-lui qu'il s'y tienne; & pour toi tu ne ſeras jamais qu'un fou : tirez le rideau, la farce eſt jouée :* auſſi bien que ſon teſtament : *Je n'ai rien vaillant, je dois beaucoup, je donne le reſte aux pauvres.* Tout cela & pluſieurs traits ſemblables ont été imaginés long-temps après ſa mort, par des gens qui ne le connoiſſoient que ſuivant les préjugés populaires.

V.

PLUSIEURS beaux eſprits de ſon temps lui conſacrerent des Epitaphes : voici celle de Baïf qui fut la plus eſtimée.

Pluton, Prince du noir Empire,
Où tous les tiens ne rient jamais;
Reçois aujourd'hui Rabelais,
Et vous aurez tous de quoi rire.

VI.

LE Cardinal du Belay, preffé de retenir à dîner un homme de Lettres, demanda : Cet homme que vous voulez admettre à ma table , a - t - il lû le livre , entendant par-là , le Pantagruel? Non, lui repondit - on; qu'on le faffe donc manger avec mes gens , reprit le Cardinal , ne croyant pas qu'on pût être homme de mérite , & n'avoir point lû Rabelais.

VII.

RABELAIS parlant de la Loi commentée & embrouillée par les Jurifconfultes , dit, que c'étoit une belle robe à fond d'or brodée de crote; on peut appliquer cette définition à l'ouvrage de cet Auteur.

CHARLES DUMOULIN,

né à Paris l'an 1500, *mort en* 1566.

I.

L'ASSIDUITÉ de Dumoulin au travail étoit si extraordinaire, qu'il comptoit pour perdu tous les momens qu'il étoit obligé de donner aux besoins de la vie. C'étoit alors la coutume de porter la barbe ; mais quelqu'instances que ses amis lui fissent de s'y conformer à l'usage, il aima mieux se faire raser, persuadé que cela lui emporteroit moins de temps que la peine qu'il auroit de la peigner, & de la rajuster tous les jours.

II.

UN jour Christophe de Thou, qui étoit alors Président au Parlement, ayant dit à l'Audience à Dumoulin quelques paroles dures & fâcheuses ; les Avocats l'allerent trouver, & se plaignirent à lui par la bouche de François de la Porte, leur Doyen, de ce qu'il avoit offensé un de leurs collegues, *qui étoit*, dirent-ils, *plus savant qu'il ne le seroit jamais*. M. de Thou, bien loin d'être choqué d'une plainte si hardie, la prit en bonne part, & dit le lendemain à l'Audience, que les paroles désobligeantes qu'il avoit dites à Dumoulin, lui étoient échapées dans la chaleur du discours.

III.

DUMOULIN en 1552 composa son Commentaire, sur les petites dates. Ce livre ayant été présenté au Roi, par Anne de Montmorenci alors Maréchal, depuis Connétable de France, il lui dit : Sire, ce que votre Majesté n'a pû faire & exécuter avec trente mille hommes, de contraindre le Pape à lui demander la paix ; ce petit homme l'a achevé avec un petit livre.

IV.

DUMOULIN avoit une ſi grande opinion de ſon eſprit, qu'il avoit coutume de mettre à la tête de ſes conſultations : *Moi qui ne cede à perſonne, & à qui perſonne ne peut rien apprendre.*

PIERRE RAMUS,

né en Picardie l'an 1515, *mort en* 1573.

I.

LA Theſe que Ramus ſoutint pour ſe faire recevoir Maître ès Arts, révolta bien du monde ; il s'y propoſa de ſoûtenir cette propoſition, *que tout ce qu'Ariſtote avoit dit étoit faux.* Le ſuccès qu'eut Ramus dans cette diſpute, l'enhardit, & lui fit naître l'envie d'examiner plus à fond la doctrine d'Ariſtote, & de la combattre vigoureuſement. Les deux premiers Livres qu'il publia ſur cette matiere, cauſerent de grands troubles dans l'Univerſité de Paris ; on le cita devant les Juges Criminels, comme un homme qui vouloit renverſer la Religion & les Sciences. Il fallut que François Premier s'en mêlât ; après un examen très-partial de la Doctrine de Ramus, ſes Livres furent interdits dans tout le Royaume, & il fut condamné à n'enſeigner plus la Philoſophie. Ses ennemis firent paroître leur joie avec un éclat ſurprenant. Les Princes les plus faſtueux n'affectent pas plus de fracas après la priſe d'une grande Ville, ou après le gain d'une Bataille très-importante. On repréſenta même des pieces de théatre, où Ramus fut baffoué en mille manieres au milieu des acclamations & des applaudiſſemens des Péripatéticiens.

II.

A peine Ramus eut été nommé Profeſſeur, qu'il eut part à une affaire ſinguliere. Vers l'an 1550, les Profeſſeurs Royaux avoient commencé à corriger quelques abus qui s'étoient gliſſés dans la prononciation du Latin. Quelques Eccléſiaſtiques ſuivirent cette réforme, malgré le chagrin des Sorboniſtes, qui pouſſerent les choſes juſqu'à dépouiller un Bénéficier de ſes revenus, pour avoir prononcé *quiſquis*, *quanquam*, ſuivant la nouvelle réforme ; & non pas *Kiskis*, *Kankam*, ſelon l'ancien uſage. Ce Bénéficier s'étant pourvû au Parlement, les Profeſſeurs Royaux, ſur-tout Ramus, craignant qu'il ne ſuccombât ſous le crédit de la Faculté, ſe crurent obligés de le ſecourir ; ils allerent donc à l'Audience, & repréſenterent ſi vivement à la Cour, l'indignité d'un tel procès, que l'accuſé fût abſous, & qu'on laiſſa la liberté de prononcer comme on voudroit.

III.

On ne peut avoir plus de zele qu'en

avoit Ramus pour le progrès des Sciences. L'hiſtoire de Paris en fournit la preuve. L'intention du Roi François Premier,
dit l'Auteur de cet Ouvrage, en fondant
le Collége Royal, avoit été que les places de Profeſſeur· ne fuſſent occupées
que par des gens capables de les remplir
avec honneur. Des gens ſans mérite
avoient pourtant trouvé moyen par amis
& par intrigues, d'en occuper quelques-
unes; & de ce nombre étoit d'Ampeſtre,
qui s'étoit chargé d'enſeigner les Mathématiques, dont il ſavoit à peine les premiers élémens. Ramus l'entreprit, &
l'accuſant d'inſuffiſance, le traduiſit au
Parlement, où l'indigne Profeſſeur fut
condamné à ſubir l'examen. Ramus ne
ſe contenta pas de cela, il fit ordonner
par le Roi, que d'Ampeſtre & tous les
autres Profeſſeurs qui ſe préſenteroient
déſormais pour être admis au Collége
Royal, ſeroient examinés publiquement

par tous les autres lecteurs. D'Ampeſtre, pour n'avoir pas l'affront d'être convaincu d'inſuffiſance, céda ſa place à de certaines conditions à Charpentier, encore moins verſé que lui dans les Mathématiques, mais homme d'intrigue & artificieux. Ramus l'attaqua plus vivement que l'autre, & le fit comparoître à la Cour, où le nouveau Profeſſeur obtint par ſes larmes & par ſon éloquence de ne pas ſubir l'examen. Le Parlement lui preſcrivit des conditions qu'il n'exécuta point; ce qui obligea Ramus de le traduire au Conſeil, où, par les artifices de Charpentier, il ſe trouva lui-même dans la néceſſité de faire ſon apologie.

I V.

RAMUS avoit pour le vin une averſion extraordinaire, qui venoit d'un accident qui lui étoit arrivé dans ſa premiere jeuneſſe : étant entré dans la Cave à l'inſû de ſes parens, il but ſi abon-

damment, qu'on le trouva près du ton-
neau fans connoiffance & comme mort.
L'état où il s'étoit mis, fit depuis tant
d'impreffion fur lui, qu'il fut plus de
vingt ans fans vouloir boire du vin.

V.

ON loue beaucoup l'éloquence de
Ramus, & Brantome en rapporte une
preuve finguliere. Ramus, dit-il étoit
un fort difert & éloquent Orateur, &
peu s'en eft-il vû de femblables; car
il avoit une grace inégale à tout autre
qui fecouroit davantage fon éloquence,
jufques là au bout de quelque temps,
lui s'étant rendu Huguenot, & étant
en la compagnie de Meffieurs les Princes & l'Amiral, au voyage de Lorrai-
ne; & leurs Reiftres qu'ils avoient fait
venir, ne voulant paffer vers la France
qu'il n'euffent de l'argent, après que Ramus les eut harangués, ils en furent
gagnés

gagnés, & menés au cœur de la France pour faire affez de maux.

VI.

IL falloit qu'on reconnût à Ramus du talent pour gagner les efprits, puifqu'on voulut l'engager par de grandes promeffes à aller en Pologne en 1572, après la mort du Roi Sigifmond Augufte, pour prévenir par fon éloquence les Polonois en faveur du Duc d'Anjou qui fut élû l'année fuivante : mais il le refufa fous prétexte que l'éloquence ne devoit point être mercénaire.

VII.

LORSQUE Ramus faifoit des Leçons fur Cicéron ou fur Virgile, il avoit accoutumé à n'en expliquer qu'une page, ni plus ni moins ; c'eft pourquoi on lui donna le furnom de *Paginarius*.

ÉTIENNE JODELLE,
né à Paris l'an 1532, mort en 1573.

I.

JODELLE est le premier en France qui ait donné des Tragédies & des Comédies. Il eut le courage de s'élever contre le Spectacle trop accrédité des mysteres de la Passion; & de hasarder sa *Cléopatre captive.* Henri second, qui honora la représentation de sa présence en fut charmé; il donna à l'Auteur, dit Pasquier, cinq cens écus de son épargne, & lui fit tout plein d'autres graces, d'autant que c'étoit chose nouvelle & très-belle. Ce succès engagea Jodelle à de nouveaux efforts. Il fit une Comédie intitulée *Eugene* ou la *Rencontre*, qui fut jouée à la suite de Cléopatre. Ces deux pieces lui donnerent une réputation supérieure. La Cour & la Ville admirerent ses productions.

Les Poëtes célébrerent fon nom & fon heureufe hardieffe. Ronfard fe diftingua entre tous les autres.

> Et lors Jodelle heureufement fonna
> D'une voix humble & d'une voix hardie
> La Comédie avec la Tragédie :
> Et d'un ton double *ores* bas *ores* haut.
> Remplit premier, le François échaffaut?

II.

JODELLE étoit allé à *Arcueil*, près de Paris, paffer le Carnaval avec les autres Poëtes qui compofoient la Pleïade Françoife, fi connue alors ; tous s'y amuferent à faire des vers à l'imitation des Bacchanales des anciens. Traverfant un jour le Village, ils rencontrerent un Bouc qui leur donna occafion de plaifanter, tant parce que c'étoit l'animal qu'on offroit à Bacchus, que parce qu'il leur vint en penfée de le préfenter à Jodelle, comme une récompenfe qui lui étoit due felon l'ufage des anciens. L'animal orné de fleurs fut effectivement

amené à Jodelle, durant que les convives étoient à table, ce qui leur donna
occasion de rire pendant quelque temps,
après quoi on le renvoya : mais cette
action qui n'avoit rien de criminel en
elle-même, fut très-mal interprétée par
les ennemis de Ronsard & de Jodelle.
Ils firent courir le bruit qu'on avoit sacri-
fié ce Bouc à Bacchus ; & que c'étoit
Ronsard qui avoit été le sacrificateur. On
traita d'impies tous ceux qui avoient
assisté à cette cérémonie.

III.

NICOLAS Bourbon, ayant souhaité
de lire les ouvrages de Jodelle, les em-
prunta à Colletet ; mais il les lui renvoya peu d'heures après, avec ces paroles, *Minuit præsentia famam.*

PIERRE DANÈS,

né à Paris l'an 1497, mort en 1577.

I.

NICOLAS Pfeaume, Évêque de
Verdun, fe plaignoit au Concile
de Trente, de certains abus qui regnoient
dans la Daterie & dans la Chancellerie
de la Cour de Rome, au fujet des pro-
vifions des Bénéfices; comme l'affemblée l'écoutoit attentivement, un Évêque
Italien, ne pouvant retenir fa colere,
dit en Latin ces mots équivoques : *Gal-
lus cantat.* Danès qui étoit Ambaffadeur
de France, fe fervant de la même équivoque, répondit fur le champ : *Utinam
ad hujus Galli cantum excitaretur Petrus
& fleret amare.* Pallavicin, qui rapporte
ce bon mot, avoue qu'il fervit comme
d'un aiguillon, pour engager les Peres
du Concile à travailler férieufement à la
réformation de la difcipline Eccléfiafti-
que.   B iij

II.

Danès ayant été élevé par fon favoir,
& par la place de Précepteur du Roi
François fecond, à la dignité d'Évêque
de Lavaur, fut député à Paris par le
Clergé de fa Province. On voulut lui
affigner pour les frais de ce voyage,
mille ou douze cens livres ; mais il les
refufa, difant que le revenu de fon Évê-
ché lui fuffifoit ; que c'étoit la moindre
chofe qu'il pût faire pour fon Eglife &
pour les voifines, que d'entreprendre
quelques voyages pour leur rendre fervice ; qu'elles fouffroient affez par le malheur du temps, & par la véxation des
Huguenots.

III.

Danès ayant appris dans fon Diocefe,
la mort de fon fils, fe retira dans fon
Cabinet pendant une demi-heure ; puis
étant venu rejoindre la compagnie, il
dit d'un air tranquille : *Je viens de rece-*

voir la nouvelle de la mort de mon fils,
les pauvres ont gagné leur procès.

GUILLAUME POSTEL,
né dans le Diocese d'Avranches l'an 1505, mort en 1581.

I.

POSTEL perdit à huit ans son pere & sa mere, qui moururent de la peste. La misere le chassa de son Village & de sa Province, & ayant gagné quelque chose, il prit la route de Paris dans le dessein d'y étudier. Mais avant que de pouvoir étudier dans quelqu'un des Colleges de l'Université, il fut obligé de prendre une chambre, où on lui vola son argent & son habit ; il se trouva tout d'un coup réduit à une nudité que l'entrée de l'hiver rendoit encore plus fâcheuse, si bien qu'il tomba dans une dysenterie qui le mit à deux doigts de la mort, & le tint deux ans entiers dans l'hôpital avant que de pouvoir recouvrer ses forces. Dès qu'il en fut sorti, il fut obligé de quitter Paris ; & la nécessité qu'il l'en chassoit, lui inspira le dessein d'aller glaner en Beausse au temps de la moisson. Son industrie & sa diligence lui fournirent le moyen de recueillir non-seulement de quoi se nourrir le reste de l'année, mais aussi de quoi acheter un habit & de quoi payer les frais du voyage de Paris, où il se rendit. Il s'y mit en service dans un des Colleges de l'Université, & y fit en très-peu de temps, des progrès très-considérables dans les sciences.

II.

POSTEL croyoit avoir une raison naturelle, fort supérieure à celle des autres hommes ; & il espéroit, par-là, convertir toutes les Nations de la terre. Son dessein étoit de réduire tout l'Univers au vrai usage de la raison ; & on croit que c'étoit dans cette vue, qu'en 1544 il étoit entré dans la Société des Jésuites. Il avoit, dit-on, le deffein d'établir un Ordre des Chevaliers de Chrift, & il regardoit les Jésuites comme autant de Chevaliers de son nouvel Ordre. Ces Peres s'étant apperçus de ses visions, le congédierent.

III.

POSTEL après être forti de chez les Jésuites, écrivit un Livre intitulé *la Victoire des femmes*. Il enseignoit dans cet Ouvrage, que comme les hommes avoient été rachetés par le sang de J. C. il falloit aussi que les femmes le fussent par une certaine Religieuse appellée *Jeanne*, qu'il avoit connue à Venise.

IV.

POSTEL soutint qu'après être mort il étoit ressuscité; & pour persuader ce miracle à ceux qui l'avoient vu autrefois

avec un vifage terni, des cheveux gris &
une barbe toute blanche, il fe fardoit
fecretement le vifage, & fe peignoit la
barbe & les cheveux; c'eft pourquoi
dans la plupart de fes ouvrages il s'appelloit *Poftellus reftitutus.*

V.

POSTEL étoit regardé comme la merveille du monde. Les plus grands Seigneurs recherchoient fon entretien, &
lui faifoient en quelque façon la cour.
Les plus doctes l'admiroient; & on difoit communément, en parlant de lui,
qu'il fortoit de fa bouche autant d'ora-
cles que de paroles. On affure que quand
il enfeignoit à Paris dans le College des
Lombards, il avoit une fi grande foule
d'Auditeurs, que comme la grande falle
de ce College ne pouvoit les contenir,
il les faifoit defcendre à la cour, & leur
parloit d'une fenêtre; mais ce favant
homme à force de lire les Rabbins & de

contempler les Aſtres, ſe mit en tête les viſions les plus extravagantes.

VI.

CHARLES IX. prenoit plaiſir à la converſation de Poſtel, qu'il appelloit ſon Philoſophe; ayant reçu un jour des Lettres du Roi d'Ormus, il les lui envoya pour les expliquer. Poſtel les ayant interprétées en préſence de toute la Cour: *je puis, Sire*, dit-il au Roi, *aller ſans truchement depuis votre Royaume juſqu'à la Chine; les Langues de tous les Peuples me ſont auſſi connues que la vérité.*

GUI DU FAUR DE PIBRAC,

né à Toulouſe l'an 1529, mort en 1584.

I.

MONSIEUR de Pibrac croyoit qu'il y avoit bien peu d'hommes ſages dans le monde, quand il diſoit que tout le bon ſens eſt dans les proverbes.

II.

La Cour de France fut fi contente de
la maniere dont Pibrac s'étoit conduit
au Concile de Trente, que Catherine
de Médicis, Régente du Royaume, lui
fit écrire en Languedoc de fe rendre à la
Cour, pour être revêtu de la dignité de
Chancelier. Pibrac reçut cet ordre à Touloufe, d'où il partit fur le champ. Cependant, un jaloux de fa gloire dit à la
Reine, qu'elle auroit un jour fujet de fe
repentir de l'élévation de ce Magiftrat,
qui étoit dans des principes oppofés au
Gouvernement qu'elle avoit établi en
France avec tant de foin & de peine.
Médicis faifant difficulté de croire ce
qu'on lui difoit, on lui fit lire le cin-
quante-quatrieme quatrain :

Je hais ces mots de Puiffance abfolue,
De plein pouvoir, de propre mouve-
ment :
Aux faints Decrets ils ont premiérement,
Puis à nos Loix la Puiffance follue.

La Reine ayant fait réflexion fur ces vers, il ne fut plus parlé de Pibrac.

III.

LORSQUE le Grand Prince de Condé fe retira chez les Efpagnols, il amena avec lui le petit-fils de Pibrac. Ce Prince lui demanda un jour quelque Quatrain de fon Grand-Pere; il repondit d'abord qu'il n'en favoit point. Preffé par de nouveaux ordres, il avoua qu'il en pourroit dire un, mais qu'il craignoit qu'il ne déplût. Le Prince voulant abfolument être obéi, Pibrac lui dit des Vers qui avoient été faits fur le champ, & qui lui apprirent qu'il eft plus avantageux d'obéir au Maître qu'on trouve en place, que de troubler le repos de fa Patrie, fous prétexte d'en chercher un meilleur.

MARC ANTOINE MURET,
né en Limoufin l'an 1526, mort en 1585.

I.

MURET qui avoit l'efprit vif, favoit, quand fes écoliers faifoient du bruit & l'interrompoient, les punir auffi-tôt par quelque mot piquant qui les tenoit enfuite dans le refpect. Un d'entr'eux ayant un jour porté en claffe une cloche, vint à fonner pendant l'explication. Vraiment, dit Muret fans s'émouvoir, j'aurois été bien furpris fi dans ce tas de bêtes, il ne s'étoit trouvé un Bélier avec fa cloche pour conduire le troupeau.

I I.

LORSQUE Muret étoit Profeffeur à Paris, les lieux où il enfeignoit, étoient remplis d'une fi grande foule de monde, qu'il ne reftoit point de place où il pût paffer, de forte qu'il étoit élevé

fur les épaules de fes Auditeurs , &
porté ainfi jufqu'à fa Chaire.

III.

MURET fut accufé à Touloufe d'un
crime honteux ; un Confeiller du Parlement fut chez lui , pour lui donner
avis des pourfuites qu'on faifoit contre lui , & ne l'ayant pas trouvé , il
lui écrivit ce Vers :

Heu fuge crudeles terras , fuge littus
avarum !

Muret , averti par - là du péril qu'il
couroit, fortit du Royaume, & prit le
chemin d'Italie , où il tomba malade
dans une hôtellerie. Comme il étoit mal
vêtu , & qu'il avoit mauvaife mine , les
Médecins qui le traitoient , le prenant
pour tout autre qu'il n'étoit , dirent entr'eux, parlant Latin, qu'il falloit qu'ils
fiffent l'effai fur ce corps vil , d'un remede qu'ils n'avoient pas encore éprouvé : *Faciamus experimentum in corpore*

vili. Muret connoiſſant le danger où il étoit, ſe leva du lit dès que les Médecins furent ſortis de ſa chambre; & ayant continué ſon chemin, ſe trouva guéri de ſon mal, par la ſeule crainte du remede qui lui avoit été préparé.

I V.

MURET fit de très-beaux Vers Latins, qu'il montra à Joſeph Scaliger, comme étant de Trabéas ancien Poëte. Scaliger le crut, & en parla comme d'une belle découverte: mais ayant ſu depuis que Muret l'avoit trompé, il eut honte de s'être laiſſé abuſer, & fit cette épigramme qui rappelloit le ſupplice que Muret avoit évité par la fuite.

Qui rigidæ flammas vitaverat ante Toloſæ
Muretus, fumos vendidit ille mihi.

V.

SCALIGER dit une choſe touchant Muret, qui ſemble incroyable; c'eſt que ce ſavant homme, en conſiderant avec

attention le coup d'œil de quelque perfonne qui lifoit une lettre, conjecturoit
que telle ou telle chofe y étoit contenue;
& ne fe trompoit point.

PIERRE RONSARD,
né dans le Vendomois l'an 1524, mort en 1585.

I.

LE judicieux M. de Thou a écrit une
grande puérilité. Il dit que Ron-
fard reçut le jour la même année que
François Premier fut pris devant Pavie ;
comme fi le Çiel avoit voulu confoler la
France de la prifon du plus grand de fes
Rois par la naiffance du premier de fes
Poëtes.

II.

RONSARD mérita le premier prix
des Jeux floraux, qui eft une églentine ;
comme cette fleur eft en argent, & que
la récompenfe parut au-deffous du mé-

rite de l'ouvrage & de la réputation du Poëte, la Ville de Touloufe fit faire une Minerve d'argent maffif, & d'un prix confidérable qu'elle lui envoya. On accompagna ce beau préfent d'un Decret, par lequel Ronfard fut déclaré par excellence le *Poëte François*.

III.

RONSARD, dit un hiftorien, chanta la gloire de Mademoifelle de Surgeres, qui étoit une des filles d'honneur de la Reine ; & pria Duperron de faire une Préface au commencement de fes Poéfies galantes, dans laquelle il le conjuroit de dire qu'il avoit aimé cette fille honnêtement. Duperron lui répondit, qu'au lieu de Préface, il n'y avoit qu'à mettre le Portrait de la Demoifelle au commencement du Livre.

IV.

JAMAIS perfonne n'a tant promis que la Reine Catherine de Médicis, auffi

Ronſard lui dédia-t-il l'Hymne de la Promeſſe.

V.

RONSARD laſſé de la Cour, ſe fit Prêtre, & accepta la Cure d'Evailles, dans le Vendomois; il y prit les armes contre les Huguenots. Il s'en excuſa depuis, en diſant agréablement, que n'ayant pu défendre ſes Paroïſſiens avec la Clef de St. Pierre, que les Calviniſtes ne reſpectoient ni ne craignoient, il avoit pris l'épée de St. Paul, & ſe mettant à la tête de la Nobleſſe voiſine, avoit garanti du pillage, ſon Egliſe & ſa Paroiſſe.

VI.

LORSQUE Ronſard mourut, on lui fit un Service très-ſolemnel, où une partie du Parlement & pluſieurs Seigneurs aſſiſterent. Le Roi y envoya ſa Muſique. Duperron, qui fut depuis Cardinal, prononça ſon Oraiſon funebre.

Cette pompe fut honorée d'un concours ſi grand, que le Cardinal de Bourbon & pluſieurs autres Princes & Seigneurs, furent obligés de s'en retourner, n'ayant pu fendre la preſſe.

VII.

CHATELARD, Gentilhomme Fran-çois, décapité en Ecoſſe, pour avoir aimé la Reine, & pour avoir attenté, qui plus eſt, à l'honneur de cette Prin-ceſſe, n'eut point d'autre Viatique, ni d'autre préparation à la mort, que la lecture d'un Poëme de Ronſard; voici les paroles de Brantôme. » Le jour venu, » ayant été mené ſur l'échafaud, avant » mourir, prit en ſes mains les Hymnes » de M. Ronſard, & pour ſon éternelle » conſolation, ſe mit à lire tout entiére-» ment l'Hymne de la mort qui eſt très-» bien fait, & propre pour ne point » abhorrer la mort, ne s'aidant autre-» ment d'autre livre ſpirituel, ni de Mi-

» niftre, ni de Confefleur. »

VIII.

ON lit dans la vie de Malherbe, écrite par Racan, qu'il avoit effacé plus de la moitié de fon Ronfard, & qu'il en co-toit à la marge les raifons. Un jour, ajoute-t-on, Racan, Colombi, & quel-ques autres de fes amis, le feuilletoient fur fa table, & Racan lui demanda s'il approuvoit ce qu'il n'avoit point effacé : pas plus que le refte, dit-il. Cela donna fujet à la compagnie, continue l'hifto-rien, de lui dire, que fi l'on trouvoit ce Livre après fa mort, on croiroit qu'il auroit pris pour bon, ce qu'il n'auroit pas effacé ; furquoi il répondit, que cela étoit vrai, & tout de fuite, il effaça le refte.

IX.

LORSQUE Malherbe lifoit fes vers à fes amis, & qu'il y rencontroit quelque chofe de dur ou d'impropre, il s'arrê-

toit tout court ; & leur difoit enfuite :
ici je Ronfardifois.

JEAN DORAT,

né à Limoges au commencement du quin-
zieme fiecle, mort en 1588.

I.

DORAT s'acquit tant de réputation
par fes Vers, qu'il mérita le nom
de Pindare François. Charles IX. créa
pour lui la place de *Poeta Regius.* Cependant il ne lui donnoit qu'une penfion
fort médiocre. Brantôme nous apprend
à ce fujet, que ce Prince aimoit fort les
Vers, & récompenfoit ceux qui lui en
préfentoient, non pas tout-à-coup, mais
peu à peu, afin qu'ils fuffent toujours
contraints de bien faire, difant que les
Poëtes reffembloient aux chevaux, qu'il
falloit nourrir, & non pas trop faouler
& engraiffer, car après ils ne valent plus
rien.

II.

DORAT, qui s'étoit acquis une grande gloire par ses Vers Latins, la perdit en partie, parce qu'il continua à versifier jusques dans un âge avancé. On parle, dit à cette occasion un grand Ecrivain, de certains Monarques qui donnerent ordre à quelqu'un de leurs Domestiques de leur venir dire chaque jour, *Souvenez-vous d'une telle affaire.* S'il est permis de comparer les petites choses aux grandes, il faudroit que les Poëtes sur le retour chargeassent quelque personne de leur dire tous les matins, *Souvenez-vous de l'âge que vous avez.* Horace se vante d'avoir eu un tel donneur d'avis.

III.

DORAT épousa dans un âge fort avancé, une jeune personne de dix-neuf ans. Comme ses amis lui reprochoient un amour qui paroissoit hors de saison, il répondit que cela lui de-

voit être permis par licence Poëtique.
Mais, lui répliquoient-ils, si vous vou-
liez passer à un second mariage, pourquoi ne pas épouser une femme d'un
âge plus mûr & plus convenable au
vôtre? C'est, dit-il, que j'ai mieux aimé qu'une épée nette & polie me per-
çât le cœur, qu'un fer rouillé.

IV.

DORAT ayant fait part de son mariage à un de ses amis, la veille de ses
noces; & cet ami lui témoignant de
l'étonnement de cette nouvelle, à cause de son grand âge, & de la jeunesse
de la fille, il se contenta de lui répondre : *Elle sera demain femme ;* ce qui
est un bon mot de Cicéron.

JACQUES CUJAS,

né à Toulouse l'an 1520, mort en 1590.

I.

ON remarque de Cujas deux choses assez singulieres. La premiere,
qu'il étudioit étendu tout de son long
sur un tapis, le ventre contre terre,
ayant ses livres autour de lui : la seconde, que sa sueur avoit une odeur agréable, ce qu'il disoit quelquefois à ses
amis lui être commun avec Alexandre
le Grand.

II.

CUJAS professoit extérieurement la
Religion Catholique ; pour ce qui est
de ses sentimens intérieurs, il ne vouloit jamais s'expliquer là-dessus ; & lorsqu'on lui demandoit ce qu'il pensoit
des matieres de Religion qui s'agitoient
alors, il repondoit toujours, *Nihil hoc
ad edictum prætoris.*

III.

LES Touloufains fâchés d'avoir refufé une Chaire de Droit à Cujas leur compatriote, lui écrivirent pour le rappeller quand ils virent la grande réputation qu'il s'étoit faite. Il repondit fiérement : *Fruftra abfentem requiritis quem præfentem neglexiftis.*

I V.

CUJAS avoit une fille affez jolie, fort coquette, & qui ne haïffoit pas les hommes : les Ecoliers quittoient affez volontiers les leçons du pere pour fe rendre auprès de la fille. Ils appelloient cela commenter les œuvres de Cujas. Tout cela donna occafion à l'Epigramme fuivante :

Viderat immenfos Cujaci nata labores
Æternum Patri commeruiffe decus :
Ingenio haud poterat tam magnum
æquare parentem
Filia ; quod potuit corpore fecit opus.

V.

CUJAS ordonna par son Testament, que ses Livres fussent vendus en détail ; il craignoit que s'ils tomboient entre les mains d'un seul, il ne ramassât tout ce qui étoit écrit sur les marges, & ne fît des Livres, des remarques qu'il y trouveroit.

V I.

ON a dit de Cujas, regardé avec raison comme l'oracle de la Jurisprudence Romaine, qu'il ressembloit au Soleil qu'on admiroit même dans ses Eclipses.

V I I.

ON lit dans les recherches de Pasquier, que Cujas est si révéré en Allemagne, qu'ordinairement lorsque les Professeurs parlent de lui en Chaire, ils mettent la main au bonnet pour marquer le respect qu'ils portent à la mémoire de ce grand homme.

MICHEL DE MONTAGNE,
né en Périgord l'an 1533, mort
en 1592.

I.

LA premiere Langue qu'on fit apprendre à Montagne, dès qu'il fut en état de parler, fut la Latine. Son pere mit auprès de lui, dès son berceau, un Allemand qui y étoit très-habile, & qui ignoroit absolument le François, avec deux autres personnes savantes pour le soulager. D'ailleurs, on ne laissoit approcher de lui personne qui ne parlât le Latin. Ainsi, il fut jusqu'à l'âge de six ans sans savoir le François.

II.

ON avoit fait entendre au pere de Montagne, que c'étoit gâter le cerveau, & par conséquent le jugement des enfans, que de les éveiller le matin en sursaut. Pour éviter ce danger, il faifoit éveiller fon fils par le fon de quelque inftrument agréable.

III.

MONTAGNE infifte dans tout fon ouvrage fur la douceur que les peres doivent avoir pour leurs enfans. Il conte à ce propos , qu'un homme de condition de fes amis , ayant perdu à l'armée fon fils unique , qui étoit de grande efpérance , lui difoit : mon plus grand chagrin eft d'avoir élevé ce fils avec une fi grande févérité , qu'elle lui a toujours voilé , pour ainfi dire , la tendreffe que j'avois pour lui ; & je me reproche fans ceffe de ne lui avoir jamais montré à découvert la force de l'amour paternel : mon défefpoir eft d'autant mieux fondé , que je fuis fûr qu'il eft mort dans l'idée que je ne l'aimois que foiblement.

IV.

MONTAGNE avoit des bifarreries qui l'empêcherent de réuffir dans fa Mairie de Bourdeaux ; fur quoi Balzac rapporte un mot de M. de la Thibaudiere , qui dit un jour à M. de Meré , admirateur de Montagne au préjudice de Cicéron : vous avez beau eſtimer votre Montagne plus que notre Cicéron , je ne ſaurois m'imaginer qu'un homme qui a ſu gouverner toute la terre , ne valût pas pour le moins autant qu'un homme qui ne ſut pas gouverner Bordeaux.

V.

CHARRON a imité Montagne le plus qu'il a pu. Cette imitation lia entr'eux une amitié ſi étroite , que Montagne pour lui marquer l'affection qu'il lui portoit, lui permit par ſon teſtament de porter les armes pleines de ſa famille , parce qu'il ne laiſſoit aucun enfant mâle.

V I.

MONTAGNE a inféré dans ſes Eſſais quelques penſées des Anciens , & particuliérement de Sénèque & de Plutarque

fans les nommer ; afin , difoit-il , que
fes critiques vinffent à s'échauder en
donnant des nafardes à Séneque & à
Plutarque fur fon nez.

VII.

ON a dit de Montagne , qu'il connoiffoit bien les petiteffes des hommes ,
mais qu'il en ignoroit les grandeurs.

VIII.

LES écarts de Montagne ont fait dire
à un bel efprit, que quoique Montagne
ne manque point de s'égarer dès l'entrée
de chaque Chapitre , il eft un des écrivains du monde , qui fachant le moins
ce qu'il va dire , fait le mieux ce qu'il
dit.

IX.

MONTAGNE dit des Littérateurs qui
veulent être univerfels : un peu de tout,
rien de tout , à la Françoife.

X.

MONTAGNE en fon livre de dépenfe

mettoit : *item* , pour mon humeur pareſ-
ſeuſe , mille livres.

XI.

BALSAC diſoit de Montagne : c'eſt
un guide qui égare , mais qui nous mene
en des Pays plus agréables qu'il n'avoit
promis.

XII.

MONTAGNE dit dans un endroit ,
qu'il hait les ſavans qui ne peuvent rien
faire ſans Livres ; & ailleurs , que la
ſcience eſt un ſceptre en de certaines
mains , & en d'autres une marote.

JACQUES AMYOT,
né à Melun l'an 1514, mort
en 1593.
I.

AMYOT fut chargé de l'éducation des enfans de France. On dit
qu'un jour au ſouper du Roi Charles
IX. la converſation étant tombée ſur

Charles-Quint, on loua cet Empereur d'avoir fait son Précepteur Pape. On exagéra cette action d'une maniere qui fit impreſſion ſur l'eſprit du Roi; juſques-là qu'il dit en regardant Amyot, que ſi l'occaſion ſe préſentoit, il en feroit bien autant pour le ſien. Quelque temps après, la charge de Grand-Aumônier de France ayant vaqué, le Roi la lui donna, quelque choſe qu'il pût dire pour ſe défendre de l'accepter : mais cette nouvelle ayant été portée à la Reine, qui avoit deſtiné cette charge à un autre, elle fit appeller Amyot dans ſon cabinet, où elle le reçut d'abord avec ces effroyables paroles : *J'ai fait bouquer*, lui dit-elle, *les Guiſes & les Chatillons, les Connétables & les Chanceliers, les Rois de Navarre, & les Princes de Condé ; & je vous ai en tête, petit preſtolet.* Amyot eu beau proteſter qu'il avoit refuſé cette place, la Reine

lui fit entendre que s'il l'acceptoit, il
ne vivroit pas vingt-quatre heures : c'é-
toit le ftyle de ce temps-là. Les paroles de cette Princeffe étoient des Arrêts,
& le Roi étoit entier dans fes fentimens
jufqu'à l'opiniâtreté. Entre ces deux
extrêmités, Amyot pour fe dérober également à la colere de la mere & aux
libéralités du fils, prit le parti de fe cacher ; cependant il ne paroiffoit point à
la table du Roi, lorfqu'au quatrième
jour, ce Prince commanda qu'on le cher-
chât ; mais ce fut en vain. Alors Charles IX. fe doutant de ce que ce pouvoit être, entra dans une telle fureur,
que la Reine qui le craignoit, fit dire
à Amyot, qu'elle le laifferoit en repos.
Ce fait, qui eft rapporté de cette maniere par l'Abbé de S. Réal, eft contre-
dit par d'autres.

II.

AMYOT montra d'abord du défintéreſſement , & à la longue il parut avide. Un jour qu'il demandoit à Charles IX. un Bénéfice confidérable , ce Prince lui dit : Hé quoi, mon maître, vous difiez que fi vous aviez mille écus de rente , vous feriez content ; je crois que vous les avez & plus : *Sire*, répondit-il , *l'appétit vient en mangeant.*

III.

AMYOT étoit né extrêmement pauvre ; il legue dans fon Teftament douze cens écus à l'Hôpital d'Orléans , en reconnoiſſance de la charité qu'il y avoit éprouvée.

PHILIPPE DESPORTES,
né à Chartres l'an 1546, mort en 1606.

I.

UN Poëte fit un Livre intitulé *la Rencontre des Mufes*, dans lequel il prétendit faire voir que Defportes

avoit pris des Italiens ce qu'il y avoit
de bons dans ſes poéſies. Deſportes prit
ce reproche en galant homme, & ayant
vû cet ouvrage, il dit : En vérité ſi
j'euſſe ſû que l'Auteur de ce Livre eût
eu deſſein d'écrire contre moi, je lui
aurois donné de quoi groſſir ſon Livre,
car j'ai pris beaucoup plus de choſes des
Italiens qu'il ne penſe.

II.

LE plaiſir que Deſportes trouvoit dans
l'exercice de la Poéſie lui cauſoit quelquefois des diſtractions ; il ne prenoit
pas même ſouvent la peine de s'habiller décemment : étant un jour allé faire
ſa cour avec un habit mal-propre,
Henry III. lui demanda combien il lui
donnoit de penſion ; & après que Deſportes eut dit au Roi quelle ſomme il
recevoit tous les ans de ſa libéralité, ce
généreux Monarque lui répliqua : j'aug-
mente votre penſion d'une telle ſomme,

afin que vous ne vous préfentiez pas devant moi que vous ne foyez plus propre.

JOSEPH - JUSTE SCALIGER,
né à Agen l'an 1540, mort en 1609.

I.

JOSEPH Scaliger étant appellé par les Hollandois pour être Profeſſeur chez eux, alla prendre congé du Roi Henri IV. auquel il expofa en peu de mot le fujet de fon voyage. Tout le monde s'attendoit à quelque chofe d'important de la part du Roi ; mais on fut bien furpris, lorfqu'après lui avoir dit : *Eh bien, M. de l'Efcale, les Hollandois vous veulent avoir & vous font une groſſe penfion ; j'en fuis bien aife.* Ce Prince changeant tout à coup de converfation, fe contenta de lui demander : *Eſt-il vrai que vous avez été de Paris à Dijon fans aller à Selle ?*

I I.

GUI-PATIN dit : Quand je lis la plûpart des Ouvrages de Scaliger, je ne les entends point ; je baisse humblement la tête en me souvenant de ce qu'a dit Martial : *Non omnibus datum est habere nasum.*

I I I.

JOSEPH Scaliger a avancé qu'un grand esprit ne pouvoit pas être un grand Mathématicien, pour se venger du Jésuite Clavius qu'on lui avoit préféré pour la réformation du Calendrier.

I V.

CASAUBON trembloit en écrivant, lorsqu'il faisoit attention que ce qu'il écrivoit seroit vû de Joseph Scaliger.

V.

SCALIGER a passé une partie considérable de sa vie à éclaircir les anciens Auteurs. Bayle fait à ce propos une réflexion fort juste, Je ne sai, dit-il, si on

ne pourroit pas dire que Scaliger avoit
trop d'esprit & trop de science pour faire
un bon commentaire ; car à force d'avoir
de l'esprit, il trouvoit dans les Auteurs
qu'il commentoit plus de finesse & de
génie qu'ils n'en avoient effectivement ;
& sa profonde littérature étoit cause qu'il
voyoit mille rapports entre les pensées
d'un Auteur & quelque point rare de
l'antiquïté , de sorte qu'il s'imaginoit
que son Auteur avoit fait quelque allusion à ce point d'antiquité, & sur ce pié-
là il corrigeoit un passage.

V I.

COLOMIÈS dit, que Gui-Patin l'a-
voit assûré que le P. Pétau au lit de la
mort lui avoit déclaré, que s'il avoit vû
avant que d'écrire contre Scaliger, *ses
divines Epitres*, ce sont ses termes , il
ne l'auroit jamais attaqué.

V I I.

JUSTE Lipse assuroit, qu'il auroit

mieux aimé jouir de l'entretien de Scaliger, que de voir le triomphe d'un
Conful Romain.

VIII.

CHAQUE Peuple donne au Latin la
prononciation de fa langue naturelle :
c'eft ce qui fit dire plaifamment par Scaliger à un Gentilhomme Ecoffois, qui
lui faifoit un difcours Latin dans la prononciation de fon pays : Monfieur, vous
me pardonnerez fi je ne vous réponds
point, je n'entends pas l'Ecoffois.

IX.

SCALIGER étoit regardé comme le
plus favant homme de l'Europe par beaucoup de favans, & en particulier par
Chevrau qui fit ce diftique :

Nec tibi fœcla parem, Scalane, priora
tulerunt ;
Nec tibi fœcla parem pofteriora ferent.

Son cœur ne répondoit pas à fon efprit, & il parloit avec mépris de tout ce

qui a merité le plus d'eſtime. Il traitoit
Origene de réveur ; ſaint Juſtin de ſimple , ſaint Jérôme d'ignorant , Ruffin
de vilain maraut , ſaint Jean Chriſoſtôme
d'orgueilleux vilain , ſaint Baſile de ſu-
perbe , ſaint Epiphane de pauvre eſprit,
ſaint Thomas de pédant , &c. il dit que
Jacques Capel eſt un fou & un ridicule,
Saville un ſot orgueilleux , Clavius une
bête , Corneille Bertrand un opiniâtre,
Maldona un plagiajre de Calvin & de
Beze, Albomarute un miſérable eſprit,
Silbrandus Lubertus un ruſtique , Curion
un méchant pedant , Mercurialis une
groſſe bête , Merula un pauvre eſprit,
Water un pauvre homme : il traite Vil-
lalpandus d'eſprit miſérable , le Cardinal
Duperron d'ambitieux & de bavard,
Ericius Putanus & Womver de grands
conteurs de fornettes , Robertel & Meur-
ſius de pédans , Snellius le pere d'aſne,
Otman de plagiaire , Lindenbruch de

fat, Chriſtmannus d'ignorant, Victorius
d'eſprit commun & de peu de jugement,
les Luthériens de barbares, & généralement tous les Jéſuites d'aſnes.

MATHURIN REGNIER,
*né à Chartres l'an 1573, mort
en 1613.*

I.

REGNIER obtint par dévolut un
Canonicat de la Cathédrale de
Chartres, après avoir prouvé que le
Réſignataire de ce bénéfice, pour avoir
le temps de faire admettre ſa réſigna-
tion à Rome, avoit caché pendant plus
de quinze jours la mort du dernier Ti-
tulaire, dans le lit duquel on avoit mis
une buche, qui fut depuis portée en
terre à la place du corps qu'on avoit
fait enterrer ſecrétement.

II.

REGNIER s'eſt bien caractériſé dans

ſon Epitaphe qu'il compoſa huit ou dix
ans avant ſa mort :

> J'ai vécu ſans nul penſement,
> Me laiſſant aller doucement
> A la bonne loi naturelle ;
> Et ſi m'étonne fort pourquoi
> La mort daigna ſonger à moi,
> Qui ne ſongeai jamais à elle.

ISAAC CASAUBON,
né à Bourdeaux en Dauphiné l'an 1559, mort en 1614.

CASAUBON étoit un Calviniſte
fort modéré ; un de ſes fils nommé Auguſtin, ayant embraſſé la Religion Catholique ſe fit Capucin : avant
de faire ſes vœux il alla par l'ordre de
ſes Supérieurs demander la bénédiction
à ſon Pere. Caſaubon la lui donna de
bon cœur, & lui dit : mon fils, je ne
te condamne point, ne me condamne
point non plus : nous paroîtrons tous
deux au Tribunal de J. C.

I I.

CASAUBON entreprit la critique des Annales de Baronius à la follicitation du Roi d'Angleterre ; mais comme il n'a pas pouffé fon examen plus loin que les trente-quatre premieres années, on a dit avec raifon qu'il n'avoit attaqué l'édifice de Baronius que par les girouettes.

I I I.

· LA premiere fois que Cafaubon vint en Sorbonne, elle n'avoit pas encore été rebâtie, on lui dit : voilà une falle où il y a quatre cens ans qu'on difpute. Il dit , *qu'a-t-on décidé ?*

I V.

CASAUBON s'étant trouvé à une Thefe que l'on foutenoit en Sorbonne , il y entendit difputer fort & ferme , mais dans un langage fi barbare , qu'il ne put s'empêcher de dire en fortant : je n'ai jamais oui tant de Latin fans l'entendre.

ÉTIENNE PASQUIER,
né à Paris l'an 1528, mort en 1615.

I.

ETIENNE Pasquier ayant remarqué à l'ouverture du Parlement de l'an 1587, que le Prêtre qui disoit la Messe n'avoit pas fait baiser la Paix aux Magistrats, assura que cela annonçoit quelque grand malheur à la France ; & il ajoute que cela arriva, car ce fut dans le mois de Mai suivant qu'arriverent les barricades : mais dans la disposition où étoient les esprits, cela étoit-il fort difficile à deviner ?

II.

LE célebre Pere Garasse fit contre Pasquier, qui étoit mort, un ouvrage intitulé : *la Recherche des Recherches.* Comme ce Jésuite étoit fort plaisant & aimoit les quolibets, il adressa son Livre

*à feu Etienne Pasquier là part où il sera;
car, disoit-il, n'ayant jamais su reconnoître l'air de votre Religion, je n'ai pas
su la route que vous avez tenue au départ
de cette vie, & par ainsi suis-je contraint
de vous écrire à l'avanture, & adresser ce
paquet là part où vous serez.*

III.

POUR marquer le désintéressement de
Pasquier, on l'a peint sans mains, & on
a mis au bas de son portrait l'épigramme
suivante.

> Ici je suis sans mains, vous demandez
> pourquoi?
> Avocats, c'est pour vous apprendre
> Que nul n'observe mieux que moi
> La Loi, qui des cliens nous défend de
> rien prendre.

JACQUES-AUGUSTE DE THOU,
né à Paris l'an 1553, mort en 1617.

I.

MONSIEUR de Thou étoit si mo-
deste, qu'en apprenant la mort
de Pierre Pithou, il fut prêt à déchirer
son histoire ; n'ayant plus, disoit-il, alors
personne qui put le diriger dans sa composition, comme avoit fait jusques là ce
grand homme.

II.

MONSIEUR de Thou vendit sa Charge
dans la vue d'être Chancelier ou premier Président; mais il ne put obtenir
ni l'une ni l'autre de ces deux dignités.
Dans ce temps-là Robert Etienne eut
un procès contre une personne qu'il ac-
cusoit de lui avoir pris sa Flûte, & le
perdit. Quelque temps après il alla voir
M. de Thou qui le railla sur son procès

perdu, en lui difant : *Hors de Cour &
de Procès*. Robert Etienne lui repartit
avec beaucoup d'efprit : *Hors de Cour
& de Palais*.

III.

MONSIEUR de Thou avoit maltraité
un grand-oncle du Cardinal de Richelieu. Ce Miniftre trop vindicatif fit mourir le fils de ce grand homme : il difoit
à cette occafion ; M. de Thou le Pere
m'a mis dans fon hiftoire , je mettrai le
fils dans la mienne.

IV.

LE Préfident de Thou avoit raifon de
dire , qu'il n'y a de vraies hiftoires que
celles de ceux, qui ont été affez finceres,
pour parler véritablement d'eux-mêmes.

V.

DANS un voyage que je fis en Languedoc avec M. de Schomberg , dit M.
de Thou, j'allai voir l'Evêque de Mende
à fa campagne qu'on appelle Chanac.

Nous

Nous y fûmes régalés avec magnificence.
Nous remarquâmes qu'on ne servoit aucune pièce de gibier, à laquelle il ne
manquât ou la tête, ou la cuisse, ou l'aile,
ou quelqu'autre partie ; ce qui donna
occasion de faire dire agréablement au
Prélat, qu'il falloit pardonner à la gour-
mandise de son pourvoyeur qui goûtoit
le premier tout ce qu'il apportoit. Quand
nous eûmes appris que ces pourvoyeurs
étoient des Aigles, nous souhaitâmes
d'examiner les choses de plus près. Nous
vîmes ce qu'on nous avoit dit, que les
Aigles font leurs aires dans le creux de
quelque roche inaccessible. Aussi-tôt que
les Bergers s'en sont apperçus, ils bâtissent
au pied de la roche une petite loge qui
les met à couvert de la furie de ces Aigles, lorsqu'ils portent leur proie à leurs
petits. Quand les Bergers voient que le
pere & la mere se sont retirés pour retourner à la chasse, ils grimpent vîte

fur la roche & en rapporte ce que les Aigles ont apporté à leurs petits. Ils laiſſent
à la place les entrailles de quelques animaux: mais comme ils ne le peuvent
faire ſi promptement que les peres ou
l'Aiglon n'en aient déjà mangé une partie, cela eſt cauſe qu'on ſert le gibier
mutilé, mais d'un goût ſupérieur à tout
ce qui ſe vend au marché. Lorſque l'Aiglon eſt aſſez fort pour s'envoler, ce
qui n'arrive que tard, parce qu'on l'a
privé de ſa nourriture, les Bergers l'en-
chaînent, afin que le pere & la mere
continuent à lui porter de leur chaſſe,
juſqu'à ce que le pere le premier & enſuite la mere l'oublient entiérement.
Alors les Bergers l'emportent chez eux
ou le laiſſent là.

V I.

MONSIEUR de Thou rapporte dans
ſes Mémoires, que le Cardinal de Tour-
mon n'étoit point homme de lettres,

mais qu'il favorifoit extrêmement les Savans. Quand il fuivoit la Cour , il n'é-
toit pas plutôt defcendu de cheval qu'il
vifitoit les Chambres des gens de lettres
de fa fuite , pour voir fi les malles
cù étoient leurs Livres étoient en bon
état , de peur qu'ils n'attendiffent après :
tout étant prêt , il les exhortoit à travailler pendant qu'il alloit trouver le Roi ,
dont il étoit le principal Miniftre.

VII.

ROME fut confulté lorfqu'il fut queftion de donner un Succeffeur au Préfident de Harlai ; on y envoya les noms
des trois contendans , de Thou, Jam-
bleville & Verdun. Le Pape répondit à
la Reine Régente en ces termes : *Il pri-
mo cretico : Il fecundo cattivo : Il terzo
non cognofco.*

VIII.

IL arriva en 1598 à de Thou une
aventure fort finguliere à Saumur, où il

finiſſoit l'affaire de la ſoumiſſion du Duc
de Mercœur. Il y avoit alors dans cette
Ville, une folle que ce Magiſtrat n'avoit
jamais vu, & dont il n'avoit pas même
entendu parler. Cette folle n'étant point
gardée par ſa famille, couroit çà & là,
& ſervoit de jouet au peuple, cherchant
la nuit un lieu où elle pût ſe retirer, elle
entra par haſard dans la chambre du Pré-
ſident de Thou, qui dormoit alors, &
qui n'avoit fermé ſa porte ni à clef ni aux
verroux, ſes domeſtiques couchant dans
des chambres à côté de la ſienne. La folle
qui connoiſſoit la Maiſon, entra ſans
faire de bruit dans la chambre du Préſi-
dent de Thou, & ſe mit à ſe déshabiller
auprès du feu; elle plaça ſes habits ſur
des chaiſes autour de la cheminée pour
les ſécher, parce qu'on lui avoit jetté de
l'eau. Lorſqu'elle eut un peu ſéché ſa
chemiſe, elle ſe coucha ſur les pieds du
lit, qui étoit fort étroit, & commença à

dormir profondément. De Thou s'étant
quelque temps après tourné dans son lit,
sentit un poids extraordinaire sur ses
pieds, & voulut le secouer; la folle tomba, & par sa chûte réveilla de Thou,
qui ne sachant ce que ce pouvoit être,
douta pendant quelque temps s'il ne rê-
voit point. Enfin, entendant marcher
dans sa chambre, il ouvrit les rideaux
de son lit ; & comme les volets de ses fe-
nêtres n'étoient point fermés, & qu'il
faisoit un peu clair de Lune, il vit une
figure blanche marchant dans sa chambre. Appercevant en même-temps les
haillons qui étoient près de la cheminée,
il s'imagina que c'étoit des gueux qui
étoient entrés pour le voler. La fille s'é-
tant alors un peu approchée du lit, il lui
demanda qui elle étoit; elle lui répondit qu'elle étoit la Reine du Ciel : il connut alors à sa voix que c'étoit une femme ; il se leva, & ayant appellé ses Do-

meftiques, il fit mettre cette femme de-
hors, puis fe recoucha. Le matin il raconta ce qui lui étoit arrivé, à Schomberg, qui, quoique très-courageux, lui
avoua qu'en pareil cas, il auroit eu beaucoup de peur. Schomberg le conta au
Roi, qui dit la même chofe. Quelque
temps après, ce Prince étant à Vêpres
le jour de Pâques, lorfqu'on vint à en-
tonner le *Regina Cœli lætare*, il fe leva,
& fe fouvenant de l'aventure du Préfident de Thou, il le chercha des yeux
dans l'Eglife.

IX.

LES Anglois pour marquer le cas
qu'ils font de l'Hiftoire de M. de Thou,
ont déchargé le Libraire qui en a an-
noncé une belle Edition, de tous les
droits, taxes, impofitions qui fe levent fur le Papier & fur l'Imprimerie:
or, ces droits font très-forts en Anglè-
terre,

X.

MONSIEUR de Thou, le fils du grand Historien, ayant été nommé Ambassadeur auprès de Jacques I. Roi d'Angleterre : quoi, lui dit ce Prince, vous êtes le fils de ce Pédant qui a si mal parlé de ma mere, & vous osez vous présenter devant moi.

JACQUES DAVY DUPERRON, Cardinal, né dans la Basse-Normanaie l'an 1556, mort en 1618.

I.

UN jour le Cardinal Duperron osa traiter d'ignorant l'Avocat Général Servin. Il est vrai, Monseigneur, lui répondit ce Magistrat, que je ne suis pas assez savant pour prouver qu'il n'y a point de Dieu : le Cardinal demeura muet & confus. Pour entendre cette réponse, il faut savoir que Duperron entretenant Henri III. durant son dîner,

avoit eu l'audace de lui dire : Je viens
de prouver qu'il y a un Dieu, mais demain, si votre Majesté veut m'écouter
encore, je lui prouverai qu'il n'y en a
point du tout. De quoi le Roi eut tant
d'horreur, qu'il le bannit pour jamais de
sa présence.

I I.

Il y eut une célebre Conférence au
Louvre sur la Religion; Duperron y
prouva si bien la falsification des passages employés par Duplessis Mornay contre la Messe, que M. de Mornay, couvert de confusion, se retira à Saumur;
sur quoi on dit assez plaisamment, qu'il
avoit abandonné tous les passages de
l'Ecriture Sainte pour conserver celui
de Saumur.

III.

L'Abbé Duperron ayant vaincu Duplessis Mornay, qu'on appelloit le Pape des Huguenots, Henry IV. dit au

Duc de Sully : votre pape a été terraffé. Sire, répondit le Duc, vous l'appellez pape en riant : preuve qu'il l'eft, c'eft qu'il fera l'abbé Duperron Cardinal. En effet la victoire qu'il remporta lui valut le chapeau de Cardinal.

DUPERRON avoit un fi grand afcendant fur le Pape Paul V. que ce Pontife difoit ordinairement à ceux qui l'approchoient de plus près : *Prions Dieu qu'il infpire le Cardinal Duperron ; car il nous perfuadera tout ce qu'il voudra.*

V.

LE Cardinal Duperron étoit grand parleur. Quand il fe mettoit fur je ne' fai quel Concile, il ne finiffoit pas. Lorfque fon Valet de Chambre l'entendoit enfiler cette matiere, il prenoit fon manteau & difoit à fes camarades : *Andiamo ab* * * *, faifant entendre qu'ils auroient du temps de refte.

VI.

LE Cardinal Duperron difoit qu'i
n'y avoit point d'hérétique qu'il ne fu
affuré de convaincre : mais que pour le
convertir, c'étoit un talent que Dieu
avoit réfervé à François de Sales.

VII.

LE Cardinal Duperron demeurant à
Paris fur la Paroiffe de S. Paul, envoya
un Gentilhomme dire au Curé de cette
Paroiffe de le venir trouver pour une
affaire qu'il avoit à lui communiquer. Le
Curé répondit qu'il iroit, & n'en fit rien,
Duperron après l'avoir attendu affez
long-temps, l'envoya querir une feconde fois ; le Curé répondit comme auparavant, & ne s'en remua pas davantage.
Enfin, M. Duperron indigné de l'incivi-
lité de cet homme, lui fit dire qu'il
trouvoit fon procédé fort mauvais, &
que fans tarder il eût à venir. Le Curé
répondit froidement au Gentilhomme ;

allez dire à Monſeigneur le Cardinal,
qu'il eſt Curé à Rome, & que je le ſuis à
Paris; qu'il eſt ſur ma Paroiſſe, & que
je ne ſuis pas ſur la ſienne. M. Duperron
ayant appris cette vigoureuſe réponſe,
dit : il a raiſon, je ſuis ſon paroiſſien ;
c'eſt à moi de l'aller trouver, & partit
auſſi-tôt. Dès que le Curé l'apperçut il
courut le recevoir juſques dans la rue; &
le Cardinal très-content l'embraſſa, &
lui donna ſon eſtime & ſon amitié.

VIII.

IL eſt certain qu'on remarque mieux
les graces & les défauts d'un Ouvrage
quand il eſt écrit d'un bon caractere,
que s'il étoit d'un mauvais, & mieux
auſſi quand il eſt imprimé, que s'il étoit
écrit à la main. Auſſi le Cardinal Duperron qui n'épargnoit ni ſoin ni dépenſe
pour ſes Livres, les faiſoit-il toujours
imprimer deux fois : la premiere pour en
diſtribuer ſeulement quelques copies à

des amis particuliers, sur lesquelles ils
puffent faire leurs remarques ; la feconde pour les donner au public , en la derniere forme où il avoit réfolu de les mettre. Pour qu'ils ne fuffent pas divulgués
contre fon gré de la premiere forte , il
n'y faifoit travailler que dans fa maifon
de Bagnolét , où il avoit une Imprimerie exprès.

I X.

LE Cardinal de Richelieu comparoît
quatre des meilleurs Ecrivains de fon
temps aux quatre Elemens. Le Cardinal
de Berulle , au feu pour fon élévation.
Le Cardinal Duperron , à la Mer pour
fon étendu. Le P. Coeffeteau , à l'air
pour fa vafte capacité. M. Duvair à la
terre par l'abondance & la variété de
fes productions.

THÉOPHILE VIAUD,
né en Agenois l'an 1590, mort en 1626.

I.

LE Philofophe Mitard & le Poëte Théophile eurent un entretien de Littérature fort long à Xaintes. Le Philofophe ennuyé à la fin des équivoques & des méprifes du Poëte : M. Théophile, lui dit-il, il me femble que vous avez beaucoup d'efprit ; c'eft dommage que vous ne fachiez rien. J'avoue ce que vous dites, Monfieur, répondit-il, & ne trouve point mauvaife votre liberté ; mais permettez-moi feulement de vous dire avec la même franchife, qu'il me femble que vous favez tout, & que c'eft dommage que vous n'ayez point d'efprit.

II.

UN jour M. le Duc d'Uzès promettoit à Théophile de le porter en toute occafion, c'eft-à-dire, de l'affifter de fes fervices; le Poëte répondit fur le champ en cette maniere:

> Monfeigneur je vous remercie,
> Tant d'honneur, je n'ai mérité;
> Et fi de vous j'étois porté,
> On me prendroit pour le Meffie.

III.

THEOPHILE étant allé chez un grand Seigneur où fe trouva un homme qu'on difoit fou, & par conféquent Poëte, Théophile fit cet impromptu:

> J'avouerai avecque vous
> Que tous les Poëtes font fous;
> Mais fachant ce que vous êtes,
> Tous les fous ne font pas Poëtes.

IV.

LES amis de Théophile ont prétendu que Jacques I. l'avoit attiré en Angleterre, & qu'enfuite il avoit refufé de l'y voir fous des prétextes peu honorables au Poëte. Théophile fit fur cela l'Epigramme fuivante qui ne feroit pas goûtée aujourd'hui comme elle le fut alors:

Si Jacques, le Roi du Savoir,
N'a pas trouvé bon de me voir,
En voici la caufe infaillible ;
C'eft que ravi de mon écrit,
Il crut que j'étois tout efprit,
Et par conféquent invifible.

V.

L'ABBÉ d'Aubignac nous a confer-
vé un fait anecdote arrivé à une repréfentation de Pyrame & de Thisbé. Une
jeune fille qui n'avoit jamais été à la
Comédie, voyant Pyrame qui fe veut
tuer à caufe qu'il croit fa Maîtreffe morte dit à fa mère qu'il falloit avertir Pyrame que Thisbé étoit vivante.

VI.

UNE Dame priant Théophile de
faire une comparaifon d'elle avec le Soleil, il fit cet impromptu :

Que me veut donc cette importune ?
Que je la compare au Soleil,
Il eft commun, elle eft commune ;
Voilà ce qu'ils ont de pareil,

VII.

ON rapporte que la veille de fa mort Théophile témoigna à Boiffat fon ami une grande envie de manger des anchois, & le pria inftamment de lui en envoyer : Boiffat perfuadé que ce mets étoit fort contraire à un malade, refufa de le fatisfaire ; refus dont il fe repentit depuis, difant que les anchois auroient peut-être fauvé la vie à fon ami, la nature demandant quelquefois des chofes, qui, toutes mal faines qu'elles paroiffent, peuvent être falutaires par la difpofition particuliere où l'on fe trouve.

FRANÇOIS MALHERBE,
né à Caen vers l'an 1555, mort
en 1628.

I.

HENRY IV. demandant un jour au Cardinal Duperron, s'il ne faifoit plus de Vers ? Non, lui répondit-il ;

perſonne ne s'en doit plus mêler après
Malherbe , qui a porté la Poéſie Françoiſe à un ſi haut point , que perſonne
n'en peut approcher. Sur cela Malherbe
vint à Paris , & n'en ſortit plus. Il eut
fait les délices de la Ville & de la Cour,
ſi ſa converſation eut été moins bruſque :
il parloit peu , mais il ne diſoit mot qui
ne portât coup.

I I.

UN de ſes neveux le venant voir au
retour du College , il lui préſenta un
Ovide. Le neveu ſe trouvant fort empêché & ne faiſant qu'héſiter, Malherbe lui
dit plaiſamment : croyez-moi , ſoyez
vaillant , vous ne valez rien à autre choſe.

I I I.

LE fils de Malherbe ayant été tué par
Deſpiles , il voulut ſe battre contre lui ;
& ſur ce que ſes amis lui repréſentoient
qu'il y auroit de la folie à lui de ſe bat-

tre à l'âge de 73 ans, contre un homme qui n'en avoit pas 25 : c'eft à caufe de cela, leur répondit-il, que je veux me battre ; ne voyez-vous pas que je ne hafarde qu'un denier contre une piftole ?

IV.

UN homme de Robe & de Condition apporta un jour à Malherbe des Vers affez mauvais, qu'il avoit faits à la louange d'une Dame, & lui dit avant de les lui montrer, que des confidérations particulieres l'avoient engagé à les faire. Malherbe les lut avec mépris, & lui demanda lorfqu'il en eut fini la lecture, s'il avoit été condamné à faire ces Vers ou à être pendu»

V.

UN Poëte de Province pria Malherbe de corriger une Ode au Roi qu'il avoit faite, & la lui laiffa pour cela : quand il vint la lui redemander, Malherbe lui dit qu'il n'y avoit que quatre mots à y ajoûter. Le Poëte l'ayant prié de lui faire l'honneur de les écrire lui-même, il prit la plume, & mit au deſſous du titre, Ode au Roi, ces mots *pour torcher*, *&c.* plia le papier & le rendit au Poëte, qui le remercia un million de fois, & partit ſans voir ce qu'il avoit écrit.

VI.

UN des amis de Malherbe ſe plaignant à lui, qu'il n'y avoit des récompenſes que pour ceux qui ſervoient le Roi dans ſes Armées & dans les affaires, & qu'on abandonnoit ceux qui excelloient dans les belles Lettres ; il répondit que c'étoit agir fort prudemment, & qu'un bon Poëte n'étoit pas plus utile à l'Etat qu'un bon joueur de quilles.

VII.

MALHERBE avoit une façon de corriger ſon Valet, qui étoit plaiſante. Il lui donnoit dix ſols par jour pour ſa nourriture, ce qui étoit beaucoup en ce temps-là, & vingt écus de gages par an. Quand il n'en étoit pas content, il lui faisoit une remontrance en ces termes : mon ami, quand on offense son maître, on offense Dieu ; & quand on offense Dieu, il faut avoir l'absolution de son péché, jeûner & faire l'aumône ; c'est pourquoi je retiendrai cinq sols de votre dépense, que je donnerai aux pauvres à votre intention.

VIII.

JAMAIS homme n'a dit plus que Malherbe ce qu'il pensoit. M. l'Archevêque de Rouen l'ayant prié d'entendre un Sermon qu'il devoit faire, Malherbe s'endormit au sortir de table ; & comme le Prélat voulut l'éveiller pour le conduire au Sermon, il le pria de l'en dispenser, disant qu'il dormiroit bien sans cela.

IX.

UN soir que Malherbe se retiroit fort tard, il rencontra un Gentilhomme qui

le vouloit entretenir de quelques nouvelles de peu d'importance ; il coupa
court, en lui difant : adieu, adieu, Monfieur ; vous me faites brûler ici pour cinq
fols de flambeau, & tout ce que vous me
dites ne vaut pas fix blancs.

X.

MALHERBE trouva un jour un Confeiller au Parlement, qui pleuroit ; il lui
demanda le fujet de fon affliction : le
moyen d'avoir de la joie, lui dit le Magiftrat, après la perte qui vient d'arriver
de deux Princes du Sang , par les mauvaifes couches de Madame la Princeffe :
Monfieur, Monfieur, lui répartit Malherbe , cela ne doit point vous affliger ,
vous ne manquerez jamais de maître.

X I.

ON ne peut juftifier Malherbe d'une
certaine baffeffe d'ame & d'un intérêt
fordide qui lui faifoient oublier les fentimens les plus naturels de l'humanité,
témoin l'Epitaphe de M. Dis.

Ci gît Monſieur Dis ,

Plût à Dieu qu'ils fuſſent dix , ,

Mes trois ſœurs , mon pere & ma mere ;

Le grand Eléazar mon frere ,

Mes trois tantes & Monſieur Dis ,

Vous les nommé-je pas tous dix.

XII.

LE Savant M. de Meziriac , accompagné de deux ou trois de ſes amis , apportant à Malherbe un Ouvrage qu'il venoit de faire, & ſes amis louant ce Livre comme fort utile au public , ce Poëte leur demanda s'il feroit amender le pain.

XIII.

QUAND on parloit à Malherbe des affaires d'Etat , il avoit toujours ce mot à la bouche ; qu'il ne falloit point ſe mêler de la conduite d'un Vaiſſeau où l'on n'étoit que ſimple paſſager.

XIV.

MALHERBE avoit un grand mépris pour les hommes en général ; & après

avoir fait le récit du péché de Caïn &
de la mort de fon frere Abel , il difoit :
Voilà un beau début ; ils n'étoient que
trois ou quatre au monde, & l'un d'eux
va tuer fon frere.

X V.

IL régnoit dans toutes les manieres
de Malherbe une certaine bifarrerie qu'on
lui paffoit en faveur de fon mérite. Il
étoit affez mal logé , & n'avoit que 7
ou 8 chaifes de paille : & comme il étoit
fort vifité de ceux qui aimoient les belles
Lettres , quand les chaifes étoient toutes
remplies, il fermoit la porte par dedans ;
& fi quelqu'un venoit heurter , il lui
crioit : *Attendez , il n'y a plus de chaifes.*

X V I.

ON dit à Malherbe que M. Goulmin
avoit rétabli la Langue Punique & qu'il
en avoit déjà le *Pater*. Malherbe qui ne
croyoit pas ce qu'on en difoit , parla
auffi-tôt un langage , où il n'y avoit

point de ſens ; & en achevant, il dit: En
voilà le *Credo*.

XVII.

QUAND on reprochoit à Malherbe
l'inexactitude de la traduction qu'il avoit
faite de quelques Ouvrages de Séneque,
il diſoit qu'il n'apprêtoit pas les viandes
pour les Cuiſiniers ; & qu'il ſe ſoucioit
peu d'être loué par les gens de Lettres
qui entendoient les Ouvrages qu'il avoit
traduits, pourvû qu'il le fut par les gens
de la Cour.

XVIII.

MALHERBE étoit accuſé de ſe voler
ſouvent lui-même. Le Cavalier Marin
diſoit de lui à ce propos : que c'étoit
l'homme le plus humide, & le Poëte
le plus ſec qu'il eût jamais connu. Malherbe répondoit à ce reproche ; que lorſqu'une porcelaine étoit à lui, il pouvoit
la mettre tantôt ſur la cheminée, tantôt
ſur ſon buffet, ou au deſſus de ſa porte.

XIX.

LE s circonftances de fa mort mon-
trent qu'il n'avoit guere de Religion. On
eut beaucoup de peine à le réfoudre à
fe confeffer. Il difoit pour s'en difpenfer
qu'il n'avoit accoutumé de le faire qu'à
Pâques. Celui qui l'y détermina fut
Yvrande fon éleve. Il lui dit pour cela,
qu'ayant fait profeffion de vivre comme
les autres hommes, il falloit auffi mourir
comme eux. Malherbe lui dit qu'il avoit
raifon, & envoya chercher le Vicaire
de fa Paroiffe. On dit qu'une heure avant
que de mourir, après avoir été deux
heures à l'agonie, il fe réveilla comme
en furfaut pour reprendre fon Hôteffe,
qui lui fervoit de garde, d'un mot qui
n'étoit pas bien François; & que comme fon Confeffeur lui en fit des répri-
mandes, il lui dit qu'il ne pouvoit s'en
empêcher, & qu'il vouloit défendre jufqu'à la mort la pureté de la langue Fran-

çoife. On ajoûte que ce Confeffeur lui re-
préfentant le bonheur de l'autre vie avec
des expreffions baffes & peu correctes,
& lui demandant s'il ne fentoit pas un
grand defir de jouir bientôt de cette fé-
licité ; Malherbe lui répondit, ne m'en
parlez plus, votre mauvais ftyle m'en
dégoûte. Il a pourtant plu à M. Racan de
faire paffer Malherbe pour une efpece de
dévot, fous prétexte qu'une fois Madame de Malherbe fon époufe, étant fort
malade, il avoit fait vœu d'aller d'Aix
à la Sainte Beaume, tête nue, pour obtenir fa guérifon.

XX.

Le Poëte Gombaut dreffa une Epitaphe à Malherbe : la voici.

L'Appollon de nos jours, Malherbe ici
repofe ;
Il a vécu long-temps fans beaucoup de
fupport.
En quel fiecle ? Paffant je n'en dis autre
chofe.

il eſt mort pauvre, & moi je vis comme il eſt mort.

XXI.

BALZAC diſoit que Malherbe avoit dégaſconné la Cour.

THÉODORE AGRIPPA,

D'AUBIGNÉ, *né en Xaintonge l'an 1550, mort en 1630.*

I.

D'AUBIGNÉ, ſi célebre par le Baron de Fœneſte, par la Confeſſion de Sanci, & par ſes hiſtoires, étoit fils d'un Officier qui commandoit à Orléans pour les Calviniſtes, durant les guerres de Religion. Son pere ayant été obligé de faire un aſſez long voyage en Guienne, pour les affaires de ſon parti, le trouva extrêmement libertin à ſon retour. Pour le punir & le corriger, il lui envoya un habit de bure, & le fit conduire par toutes les boutiques de la Ville, afin qu'il eut à choiſir un Métier.

Le jeune homme prit cette mortification tellement à cœur, qu'il en eut une grosse fievre, dont il pensa mourir. Dès qu'il fut guéri, il alla se jetter aux genoux de son pere pour lui demander pardon, & lui parla d'une maniere si touchante, qu'il tira les larmes des yeux de ceux qui étoient présens, & que le pere lui pardonna.

I I.

D'AUBIGNÉ ayant perdu son pere, son Curateur le voyant obstiné à ne plus étudier, & à embrasser le parti des armes, le mit en prison. Averti par quelques-uns de ses amis qu'ils partoient pour l'armée, le Prisonnier dont on emportoit tous les soirs les habits, descendit la nuit par la fenêtre de sa chambre avec ses draps, en chemise & les pieds nuds, & alla les joindre en cet état. Leur troupe ayant rencontré quelques Catholiques, les attaqua, & les défit

après un léger combat. D'Aubigné y gagna une arquebuse, mais il ne voulut point
prendre d'habit , & arriva au rendez-
vous tout nud. Là , quelques Capitaines
eurent soin de le faire habiller, & de lui
donner des armes ; & en leur faisant une
obligation pour cette avance , il mit au
bas de son écrit, ces mots : *à la charge que*
je ne reprocherai point à la guerre qu'elle
m'a dépouillé, n'en pouvant sortir en plus
piteux état que j'y entre.

III.

HENRY III. pressant d'Aubigné d'é-
crire les annales de son regne : je suis trop
votre serviteur , Sire , lui répondit-il,
pour composer votre histoire.

IV.

UN jour que d'Aubigné contoit à M.
de Talcy ses infortunes, cet homme
l'interrompit en lui disant : vous avez
des papiers qui importent beaucoup au
Chancelier de l'Hôpital, qui est mainte-

nant retiré à sa maison près d'Eftampes,
& qui n'eft plus bon à rien : si vous voulez que je lui envoie un homme pour
l'avertir de ce qui eft entre vos mains,
je me fais fort de vous faire donner dix
mille écus, foit par lui, foit par ceux
qui voudroient s'en fervir pour le ruiner.
Sur cela, d'Aubigné fut chercher tous
ces papiers, & les jetta dans le feu en fa
préfence ; & comme M. de Talcy l'en
reprenoit vivement, d'Aubigné répondit : *je les ai brûlés, de peur qu'il ne me*
brûlaffent ; car, j'aurois pû fuccomber à
la tentation. Le lendemain, le bon homme le prit par la main, & lui dit : quoique vous ne m'ayez pas ouvert vos penfées, j'ai de trop bons yeux, pour n'a-
voir pas découvert votre amour pour ma
fille : vous la voyez recherchée de plufieurs qui vous furpaffent en bien ; mais
ces papiers que vous brûlâtes hier de
peur qu'ils ne vous brûlaffent, m'ont

déterminé à vous dire que je vous souhaite pour mon gendre.

V.

HENRI IV. ayant envoyé d'Aubigné en plusieurs Provinces, ne lui donna pour toute récompense que son portrait; d'Aubigné y mit au bas ce Quatrin :

Ce Prince est d'étrange nature ,
Je ne sais qui diable l'a fait :
Mais il récompense en peinture
Ceux qui le servent en effet.

V I.

D'AUBIGNÉ mécontent d'Henri IV. quitta la Cour. Ce prince persuadé qu'il avoit perdu un fidele serviteur, le rappella auprès de lui par quatre Lettres consécutives que d'Aubigné jetta dans le feu en les recevant toutes : mais lorsqu'il eut appris que ce Prince, sur la fausse nouvelle qu'il avoit été fait prisonnier dans une entreprise sur Limoges , avoit mis à part quelques bagues de la Reine sa femme pour payer sa rançon,

il fe détermina à retourner à fon fervice;
ce qu'il fit auffi-tôt.

VII.

D'AUBIGNÉ s'étant retiré à Geneve
penfa époufer en fecondes noces une
veuve d'une naiffance diftinguée. Pour
éprouver fon courage dans le temps qu'il
l'a recherchoit, il lui annonça qu'il avoit
été condamné à avoir le col coupé par
un Arrêt qui avoit été rendu en France :
Je m'eftimerai fort heureufe, lui dit-elle,
de partager votre deftinée ; l'homme ne
féparera point ce que Dieu aura joint.

PAUL HAY DU CHATELLET,
né en Bretagne l'an 1592, mort
en 1636.

I.

MONSIEUR du Chatellet fut le
premier qui lut un difcours à l'A-
cadémie Françoife, fuivant le réglement
qu'on fit alors. Quoiqu'il fût accoutumé

à parler en public, il affura que jamais
affemblée ne lui avoit paru plus redoutable que celle de l'Académie, & il fe fervit
de la permiffion que le réglement donnoit à tous les Académiciens de lire
leurs harangues s'ils vouloient, au lieu
de les prononcer.

I I.

LORSQU'ON fit le Procès à M. de
Bouteville, du Chatellet compofa pour
lui un Factum qui fut trouvé également
éloquent & hardi. Le Cardinal de Richelieu lui ayant reproché, que c'étoit
condamner la juftice du Roi : « Pardon-
» nez-moi, dit-il, c'eft pour juftifier fa
» miféricorde, s'il a la bonté d'en ufer
» envers un des plus vaillans hommes
» de fon Royaume. »

I I I.

UN jour qu'il étoit avec M. de S.
Preuil, qui follicitoit auprès du Roi la
grace du Duc de Montmorenci, & qu'il

témoignoit beaucoup de chaleur pour cela, le Roi lui dit: Je penfe que M. du Chatellet voudroit avoir perdu un bras pour fauver M. de Montmorenci. Il répondit: » Je voudrois, Sire, les » avoir perdus tous deux, car ils font inu- » tiles à votre fervice, & en avoir fauvé » un qui vous a gagné des Batailles & » qui vous en gagneroit encore. »

I V.

Du Chatellet, au fortir de la prifon où il avoit été mis pour n'avoir pas vou- lu être un des Commiffaires du Maré- chal de Marillac, alla à la Meffe du Roi qui ne le regardoit point, & affeétoit, ce me femble, de tourner la tête d'un autre côté, comme par quelque efpece de honte de voir un homme qu'il venoit de maltraiter; il s'approcha de M. de S. Simon, & lui dit: » Je vous prie, Mon- » fieur, de dire au Roi que je lui par- » donne de bon cœur, & qu'il me faffe

» l'honneur de me regarder. M. de S. Si-
» mon le dit au Roi, qui en rit, & le
» careſſa enſuite. »

V.

LORSQUE du Chatellet fut ſorti de
priſon, le Cardinal de Richelieu, dont
il avoit fait preſque toutes les apolo-
gies, lui fit quelque excuſe ſur ſa déten-
tion : » Je fais, lui répondit-il, grande
» différence entre le mal que votre Emi-
» nence fait, & celui qu'elle permet, &
» je n'en ſerai pas moins attaché à ſon ſer-
» vice. »

NICOLAS CLAUDE FABRI
DE PEIRESC, né à Aix l'an
1580, mort en 1637.

I.

PEIRESC dînant à Londres avec
pluſieurs hommes de Lettres, ne
put jamais obtenir diſpenſe à l'égard
d'une ſanté que le docteur Thorius lui

porta. Le verre étoit d'une grandeur démésurée : c'eſt pourquoi Peireſc s'excuſa long-temps, & allégua mille raiſons ; mais il fallut qu'il le vuidât. Avant que de le faire, il ſtipula que Thorius boiroit la ſanté qu'il lui porteroit à ſon tour. Dès qu'il eut bû ce vin, il fit remplir d'eau le même verre, & l'avalla après avoir porté cette ſanté au Docteur. Celui-ci, frappé comme de la foudre, penſa tomber de ſon haut ; & voyant qu'il n'y avoit pas moyen de s'en dédire, il jetta de profonds ſoupirs, il porta mille fois ſa bouche ſur les bords du verre, & il l'en retira autant de fois. Il appella à ſon ſecours tous les bons mots des anciens Poëtes Grecs & Latins, & il fut preſque toute la journée à vuider ce maudit verre à pluſieurs repriſes. Le Roi ayant entendu faire ce narré, voulu tenir le conte de Peireſc lui-même.

II.

LE savant Henri de Valois, avoit lu dans un ancien Auteur, quelque chose sur le Port de la Ville de Smyrne, qu'il n'étoit guere possible de comprendre sans avoir vu la disposition des lieux mêmes. Il écrivit à M. Peiresc sa difficulté ; & celui-ci fit aussi-tôt partir un Peintre sur un Vaisseau de Marseille, qui alloit à Smyrne pour prendre le plan & la vue de son Port. Il envoya tout cela à M. de Valois, qui le remercia de ses soins, mais qui suivant sa coutume de ne trouver rien de bien, lui manda en même-temps qu'il n'étoit pas entiérement éclaici sur ce qu'il souhaitoit. M. Peiresc fâché d'avoir fait inutilement une dépense considérable, lui écrivit qu'il avoit tâché de le satisfaire, & que si cela ne suffisoit pas, il ne devoit s'en prendre ni à lui ni à son Peintre, mais à son propre esprit, qui n'étoit jamais content de rien.

FRANÇOIS MAYNARD,
né à Touloufe l'an 1582, mort en 1646.

I.

COMME le genre de Poéfie où Maynard a le mieux réuffi eft l'Epigramme ; un illuftre Préfident du Parlement de Touloufe, appellé Caminade, lui donnoit tous les ans pour fes étrennes un Martial.

I I.

MAYNARD prit un ton fin & flatteur pour obtenir quelque chofe du Cardinal de Richelieu, & pour fe plaindre honnêtement de fa mauvaife fortune.

Armand, l'âge affoiblit mes yeux.
Et toute ma chaleur me quitte ;
Je verrai bien-tôt mes Ayeux
Sur le rivage du Cocite ;
Je ferai bien-tôt des fuivans
De ce bon Monarque de France ,
Qui fut le pere des Savans

En un siecle plein d'ignorance,
Lorsque j'approcherai de lui ,
Il voudra que je lui raconte
Tout ce que tu fais aujourd'hui
Pour combler l'Espagne de honte,
Je contenterai son desir ;
Et par le récit de ta vie
Je calmerai le déplaisir
Qu'il reçut au Camp de Pavie :
Mais s'il demande à quel emploi
Tu m'as occupé dans le monde ,
Et quel bien j'ai reçu de toi ,
Que veux-tu que je lui réponde ?

Rien , répondit le Cardinal de Richelieu. Cela paroît incroyable de la part d'un Ministre qui aimât extrêmement les Lettres , & qui fit du bien à des Poëtes qui le méritoient infiniment moins que Maynard. On prétend que ce grand homme ne fit jamais rien pour cet Ecrivain , parce qu'il aimoit qu'on ne lui demandât rien , & qu'on lui laissât la gloire de donner de son propre mouvement.

III.

MAYNARD qui s'étoit retiré en Province, vint à Paris un peu avant sa mort. Dans les converſations qu'il avoit avec ſes amis, dès qu'il vouloit parler, on lui diſoit : *ce mot là n'eſt plus d'uſage.* Cela lui arriva tant de fois, qu'à la fin il fit ces quatres vers :

En cheveux blancs il me faut donc aller
Comme un enfant tous les jours à l'école ?
Que je ſuis fou d'apprendre à bien parler,
Lorſque la mort vient m'ôter la parole !

IV.

MAYNARD obſerve dans tous ſes vers une conſtruction ſimple, naturelle, où il n'y a ni tranſpoſition ni contrainte. Il me ſouvient, dit Peliſſon, qu'un jour que j'allai le voir, je le trouvai qu'il écoutoit des vers de ſon fils, qui lui en faiſoit la lecture. Il vint à un lieu où il y avoit je ne ſais quel mot hors de ſa place naturelle, qui faiſoit quelque

efpece d'équivoque, fe pouvant rapporter également à ce qui fuivoit & à ce
qui précédoit. La force du fens pourtant
ôtoit la difficulté, & le paffage étoit affez clair. Il fe le fit lire trois fois, feignant
de ne le pouvoir entendre ; & enfin,
s'adreffant à fon fils : ah, mon fils, dit-il,
à cette fois là, vous n'êtes pas Maynard !
car ils n'ont pas accoutumé de ranger
leurs paroles de cette forte.

V.

MAYNARD avoit fait mettre fur la
porte de fon Cabinet cette infcription,
qui témoignoit le dégoût qu'il avoit de
la Cour & de fon fiecle :

> Las d'efpérer & de me plaindre,
> Des Mufes, des Grands, & du Sort ;
> C'eft ici que j'attends la mort,
> Sans la defirer ni la craindre.

MAYNARD réuffiffoit merveilleufe-
ment d'après les originaux, mais il ne
faifoit rien de bon lorfqu'il travailloit de

lui-même ; c'est pour cela qu'on a porté de lui le même jugement que Jules-César Scaliger avoit porté d'Erasme dans sa Poétique : *Homo ex alieno ingenio poëta, ex suo versificator.*

PIERRE DE MONTMAUR,
né en Limousin en 1576, mort en 1648.

I.

MONTMAUR étoit riche, mais avare ; il disoit à ses amis : fournissez les viandes & le vin, & je fournirai le sel ; il le répandoit en effet à pleines mains aux bonnes tables où il se trouvoit.

II.

L'humeur satyrique de Montmaur n'avoit point de bornes, il étoit Lucien par-tout. Il en vouloit particuliérement aux méchans Poëtes. Un jour, à la table de M. de Mesmes, un Poëte de ce caractere faisoit sonner bien haut des vers

qu'il avoit composés *à la Louange du La-*
pin; Montmaur, fatigué de son difcours, lui dit brufquement : *ce Lapin là*
n'eft pas de garenne, fervez-en d'un autre.

III.

Un Poëte qu'on appelloit le *Pegafe*
à caufe de la vîteffe qu'il affeɛɑoit dans
fes compofitions, fit une fatyre contre
Montmaur, qu'il dédia à Meffieurs Pithou.
La piece étant tombée entre les mains
de Montmaur, il la renvoya à ces Meffieurs avec ce vers de Virgile, *equo ne*
credite Teucri : réplique d'autant plus juf-
te que Meffieurs Pithou étoient originai-
res de Troies.

IV.

Le Perroquet de Ménage eft la meilleure de toutes les fatyres qui ayent été
faites contre Montmaur. Ce favant fe
contenta d'en rire, & de dire : » Bon,
» je ne manquerai ni de vin pour me ré-
» jouir, ni de bec pour me défendre ;

& parce qu'on louoit beaucoup cette métamorphofe, il ajouta : » ce n'eft pas » merveille qu'un grand parleur comme » Ménage ait fait un bon Perroquet. »

V.

UN jour que Montmaur devoit dîner dans une maifon, on convint que tout le monde lui romproit en vifiere, quelque fujet qu'il traitât. Un Avocat célebre, fils d'un Huiffier, étant à la tête du Parti ; dès que Montmaur parût, l'Avocat lui cria *guerre, guerre*; Montmaur lui répondit, *Monfieur, vous dé-générez bien ; votre pere s'enrouoit à crier paix, paix.*

VI.

M. de Vion d'Alibray a décrit dans les vers fuivans ce qui lui étoit arrivé avec un Confeffeur, à l'occafion de quelques vers qu'il avoit faits contre Montmaur, qu'il appelloit *Gomor.*

D'Alib. Révérend Pere Confesseur,
J'ai fait des vers de médisance.

Le Conf. Contre qui? *D'Alib.* contre un
Professeur.

Le Conf. La personne est de conséquence.
Contre qui? *D'Alib.* C'est contre Gomor.

Le Conf. Hé bien., bien; achevez votre
Confitcor.

VII.

MONTMAUR étant un jour à table
avec un grand nombre de ses amis qui
parloient, chantoient & rioient tous à
la fois. Ah! Messieurs, dit-il, un peu de
silence, on ne sait ce qu'on mange.
Cela donna lieu à M. Dalibray de faire
l'Epigrame suivante:

Gomor étant à table avec certains pédans
Qui crioient & prêchoient trop haut sur la
vendange;
Lui qui ne songe alors qu'à ce que font ses
dents :
Paix là, paix là, dit-il, on ne sait ce qu'on
mange.

VIII.

LINIERE reprochoit à Montmaur qu'il

dînoit fouvent chez les autres : comment
voulez-vous que je faffe, dit le Parafite,
on m'en preffe ? Je le crois bien, reprit
Liniere ; il n'y a rien de plus preffant
que la gourmandife.

IX.

MONTMAUR dînoit un jour chez le
Chancelier Seguier, en deffervant on
laiffa tomber un plat de potage fur lui.
Il vit bien que cela étoit fait exprès ; il
dit en regardant M. le Chancelier qu'il
foupçonnoit lui avoir fait cette piece ;
fummum jus, fumma injuria ; allufion
ingénieufe qui roule fur ce que le Chancelier eft le chef de la juftice, & que *jus*
fignifie en latin deux chofes, la juftice
& du bouillon.

X.

COMME Montmaur paroiffoit infen-
fible aux Epigrammes que fes comtem-
porains faifoient contre lui, on fit pour
lui une devife dont le corps eft un âne

qui eſt dans les chardons juſqu'au ventre,
avec ces paroles , *pungant dum ſaturent.*

X I.

Epigramme de Furetiere , contre Montmaur.

Montmaur ne trouve dans la bible
Rien d'incroyable ou d'impoſſible,
Sinon quand il voit que cinq pains
Raſſaſierent tant d'humains ,
Et que pour comble de merveilles,
Il en reſta douze corbeilles.
Bon Dieu ! dit-il , pardonnez-moi,
Le miracle excede ma foi,
Sans doute le texte en ajoûte ;
Que n'étois-je là pour le voir?
Je ne crois pas que ton pouvoir
En eût fait reſter une croûte.

X I I.

De toutes les plaiſanteries qu'on fit
dans le temps contre le paraſite Montmaur , ſous le nom de *Mormon* , voici
les plus agréables , ou celles au moins
qui ſeront ici mieux placées.

Catalogue des œuvres de M. de Mor-

mon , Conseiller du Roi , Gentilhomme de sa Cuisine, & Controlleur général des festins de France , imprimés à Paris, chez Martin Mangeart, rue de la
Huchette, à l'aloyau.

Panégyrique de la S. Martin & des Rois.

Réfutation d'une pernicieuse Doctrine introduite par un certain Cornaro Vé-
nitien , & le Jésuite Lessius.

Examen & réfutation du dire de S.
François Xavier , *satis est* , *Domine* ,
satis est.

Démonstration Physique, ou Preuve
que les peuples du Septentrion ne sont
pas plus robustes que ceux du Midi, &
ne les ont souvent vaincus, qu'à cause
qu'ils mangent davantage.

Traité des quatre repas du jour , leur
étymologie, ensemble une recherche cu-
rieuse sur la façon de manger des anciens, où il est prouvé qu'ils ne man-
geoient couchés sur des lits , que pour
montrer

montrer qu'il faut manger jour & nuit, & que qui mange dort, ou que le véritable repos se trouve à la table.

La vie des hommes illustres, Grecs & Romains, comparées les unes aux autres, où il est prouvé par le mot *pergræcari*, que les Grecs l'ont toujours emporté sur les Romains.

Commentaire sur le cinquieme aphorisme d'Hippocrate, où il est dit, qu'il est bien plus dangereux de manger peu que trop, ensemble une sommaire réfutation du passage qui porte que toute réplétion est mauvaise.

Opuscules non sceptiques, contre cette commune façon de parler, *les premiers morceaux nuisent aux derniers.*

Demonstration Mathématique, où l'Auteur fait voir par la propre expérience de son ventre, qu'il y a du vuide dans la nature.

De la précellence du *Benedicite* fur *laus Deo*.

Invective contre celui qui trouva le moyen de prendre les villes par famine, avec une éloge de M. le Marquis de la Boulaye.

Priere à S. Laurent pour le mal des dents.

Apologie du pere Goulu, contre Balzac.

Apothéofe d'Apicius.

Traité de toutes les Marchandifes dont on goûte avant que de les acheter.

Manuduction à la vie parafitique, avec une explication & apologie de ce mot.

L'anti - pyhtagoricien, ou réfutation de la Doctrine de Pythagore, qui défendoit l'ufage de toutes les viandes qui avoient eu vie.

Commentaire fur les loix de douze tables.

De la louable coutume introduite dans l'Eglise de manger de la chair depuis Noël jusqu'à la Chandeleur, avec une très-humble supplication à N. S. Pere de remettre la Chandeleur après Pâques.

Le Cuisinier expert.

Traité des bons chiens tourne-broches, aussi utile que ceux qu'on a faits jusqu'ici des chiens de chasse, ensemble une brieve & utile méthode de les dresser.

Requête à M. le Lieutenant Civil, à ce qu'il lui plaise faire défense aux Cabaretiers d'avoir des plats dont les fonds s'élevent en bosse, ce qui est une manifeste tromperie.

Autre Requête à Nosseigneurs du Parlement, tendante à ce qu'il leur plaise faire défense au sieur Morin, & autres faiseurs d'Almanachs, de prédire la famine, parce que cela fait mourir de peur.

XII.

Les avis de M. de Mormon,
qui font :

Avis aux Minimes, & autres Religieux, de contrefaire fouvent les mala-
des, pour avoir lieu d'être à l'infirme-
rie, & manger de la chair.

Avis aux Médecins, de donner dif-
penfe de faire le Carême à tous ceux qui
la leur demanderont ; & avis à tout le
monde de manger de la chair fans la
demander.

Avis aux Cordeliers & tous Moines
mendians, ou autres, de ne manquer
jamais d'exciter à la fin de leur Sermon,
l'affiftance à la Charité.

Avis aux gens riches & opulens, de
tenir toujours bonne table, & de nourrir plûtôt des hommes que des chiens.

Avis à Meffieurs du Parlement, de
prendre le nom de Cénateurs, où il eft
montré que les Romains n'ont triomphé

que par le mérite de ceux qui ont porté ce nom.

Avis à ceux qui font des marchés, de n'oublier jamais le pot-de-vin.

Avis aux gens de Confrairie, de n'oublier pas à faire festin après la Messe.

Avis aux Curés, de se trouver toujours aux Nôces & Baptêmes.

Avis à ceux à qui l'on présente quelque chose, de ne choisir jamais, de peur d'être obligés par civilité de prendre le pire.

Avis aux Capucins & autres Moines, hormis les Chartreux, de dîner hors de leur Couvent le plus souvent qu'ils pourront, parce qu'aussi-bien que les veilleurs, ils ne trouvent point de pire maison que la leur.

Avis aux Traiteurs, de mettre dindons pour faisans, & petits cochons pour agneaux, pour ce que chacun y fera son profit; le Traiteur, pour ce qu'il lui en

F iij

coûtera moins;.& le traité, pour ce qu'il
en aura plus à manger.

Avis aux laquais, de changer souvent
les affiettes des niais, qui fe les laiffent
emporter par civilité ; & fur-tout de
bien prendre leur temps que leur af-
fiette foit bien chargée.

Problêmes de M. de Mormon.

On demande, s'il faut prendre Médecine, ou non ?

Oui, pour ce que c'eft avaler.

Non, pour ce qu'elle vuide l'eftomac.

S'il faut curer fes dents , ou non ?

Oui, pour les empêcher de pourrir.

Non, pour ce que c'eft s'ôter quelque
chofe de la bouche.

S'il faut mâcher ou non ?

Oui , pour ce que c'eft jouir plus long-
temps du plaifir de manger.

Non , pour ce que c'eft toujours perdre quelques autres morceaux qu'on
mangeroit bien cependant.

S'il faut se marier ou non ?

Oui, pour ce qu'on fait festin.

Non, pour ce que c'est prendre une femme qui mange tout le reste de sa vie la moitié du dîner.

S'il vaut mieux avoir une langue, que de n'en avoir point ?

Oui, pour ce que la langue sert à demander à boire & à manger.

Non, pour ce qu'elle emplit la bouche, & fait perdre le temps à parler à table.

S'il faut faire des sauces, ou non ?

Oui, pour ce que cela donne bon goût aux viandes.

Non, pour ce que cela ne sert qu'à faire manger aux autres, ce qu'on mangeroit bien sans sauce.

Lequel vaut mieux de danser, ou de chanter ?

Il vaut mieux manger.

Lequel vaut mieux de dîner ou de souper ?

Ni l'un ni l'autre : car il ne faut faire qu'un repas, mais qui dure tout le long du jour.

XIII.

Apophthegmes de M. de Mormon.

Il disoit qu'un œuf valoit mieux qu'une prune ; une grive que tous deux ; un pigeon que tous trois ; un poulet que tous quatre ; un chapon que tous cinq, & ainsi à proportion.

Un jour qu'il avoit bien soif, & qu'on ne trouva point d'autre vaisseau pour lui donner à boire qu'un seau plein de vin , il le tira tout d'une haleine, *& negavit se unquam jucundiùs bibisse* ; faisant allusion à ce Roi qui dit la même chose, contraint de boire dans le creux de la main, faute d'autre vase.

Comme on parloit un jour d'une grande mortalité : tant mieux, s'écriat-il, plus de morts, moins de mangeurs; ne reconnoissant point d'autres ennemis.

Allant un jour dîner chez un Evêque : *pastoris est pascere*, lui dit-il; Monseigneur, je viens dîner avec vous.

A un qui lui disoit un jour qu'il avoit les yeux plus grands que la panse ; non pas, répondit-il, quand j'en aurois cent.

Il disoit que Pâques & Noël font les deux meilleurs jours de l'année ; Pâques à cause qu'il est le plus éloigné du Carême, & Noël parce qu'on y déjeûne dès minuit.

Il disoit qu'il est de la majesté d'un Roi de dîner à toutes ses tables.

Il comparoît les courtisans aux plats qu'un maître-d'hôtel met sur la table, dont les uns font tantôt les premiers, & tantôt les derniers, & puis font tous confondus, quand on vient à laver les écuelles.

Il appelloit les rots des propos de table.

A un qui lui reprochoit qu'il mangeoit autant que deux, il répondit que c'étoit à Sparte la marque des Rois.

A un qui lui demanda ce qu'il falloit faire pour se bien porter. Trois choses, répondit-il ; bien manger, bien manger, & encore bien manger.

A un qui lui dit un jour en mangeant du potage, qu'il se brûloit ; il repartit : oui, mais je mange.

Une fois qu'on lui reprochoit qu'il n'avoit pas dit *Benedicite* : j'ai tort, répondit-il, il le faut dire ; & là-dessus il fit rapporter toutes les viandes pour recommencer à dîner.

Comme on lui disoit une fois qu'il se falloit tenir à table sans se remuer, & sans prendre autre chose que ce qui est devant soi ; il répondit, que si les Espagnols n'eussent jamais voyagé, ils n'auroient pas gagné l'or des Indes.

Il disoit que pour faire que les jours

d'hiver fuſſent auſſi grand que ceux d'é-
té, il ne faut que jeûner juſqu'au ſoir.

Comme on lui demandoit pourquoi
il cherchoit ainſi les feſtins ; il répartit :
que c'étoit parce que les feſtins ne le
cherchoient pas ; & il ajoûta que nos
peres avoient appellé leurs feſtins du mot
latin *feſtinare*, pour montrer qu'il ſe faut
toujours hâter d'y aller.

Un jour que ſon Confeſſeur lui remon-
troit que les Saints avoient bien eu de
la peine à aller en Paradis en jeûnant:
je crois bien , dit-il, il y a bien loin
pour y aller ſans manger.

Une autre fois qu'il étoit bien malade,
& qu'on penſoit qu'il dût mourir ; comme on lui faiſoit réprimande ſur ce qu'il
buvoit trop pour un homme qui devoit
bientôt aller en l'autre monde ; il répondit : que c'étoit pour faire jambes de vin.

VINCENT VOITURE,
né à Amiens l'an 1598, mort en 1648.

I.

VOITURE étoit fils d'un Marchand de vin, & ne buvoit que de l'eau : sa naissance lui fut souvent reprochée par des railleries & par de bons mots. Un jour qu'il entra par hasard dans une chambre où quelques Officiers étoient en débauche, il y en eut un qui lui fit ce couplet le verre à la main.

> Quoi Voitur' tu dégénere !
> Hors d'ici magrebi de toi,
> Tu ne vaudras jamais ton pere,
> Tu ne vend du vin ni n'en boi.

II.

UNE autre fois on fit cette Epigramme sur ce qu'on croyoit qu'il recherchoit la fille d'un Pourvoyeur de chez le Roi, & qu'on parloit de le marier.

O que ce beau couple d'Amans
Va goûter de contentemens !
Que leurs délices feront grandes !
Ils feront toujours en feftin.
Car fi la Prou fournit les viandes,
Voiture fournira le vin.

III.

MADAME Defloges jouant au jeu
des Proverbes avec lui , & voulant en
rejetter quelqu'un des fiens ; *cela ne vaut
rien,* dit-elle, *percez-nous en d'un autre.*
Le Maréchal de Baffompiere difoit : *Le
vin qui fait revenir le cœur aux autres ,
fait pâmer Voiture,* voulant dire qu'il
appréhendoit d'être raillé fur ce fujet.

IV.

SEGRAIS difoit qu'il avoit vu trois
perfonnes d'une naiffance obfcure mé-
riter l'eftime & l'amitié des Grands &
des Princes : c'étoient Voiture , Miton
& Gourville.

V.

VOITURE ayant offenfé un Sei-

gneur de la Cour par un trait malin :
celui-ci qui cherchoit l'occaſion de ſe
venger, voulut lui faire mettre l'épée à la
main. La partie n'eſt pas égale, dit Voiture ; vous êtes grand, je ſuis petit ;
vous êtes brave, je ſuis poltron ; vous
voulez me tuer, eh bien je me tiens pour
mort. Il fit rire ſon ennemi & le déſarma.

V I.

Les Sonnets de Job & d'Uranie firent
tant de bruit en leurs temps qu'on ſera
bien-aiſe de les trouver ici.

Sonnet de Voiture.

Il faut finir mes jours en l'amour d'Uranie,
L'abſence ni le temps ne m'en ſauroient gué-
    rir,
Et je ne vois plus rien qui pût me ſecourir,
Ni qui ſût rappeller ma liberté bannie.
Dès long-temps je connois ſa rigueur infinie;
Mais penſant aux beautés pour qui je dois pé-
    rir,
Je bénis mon martyr, & content de mourir,
Je n'oſe murmurer contre ſa tyrannie.

Quelquefois ma raifon par de foibles difcours

M'invite à la révolte, & me promet fecours:

Mais lorfqu'à mon befoin je veux me fervir
d'elle,

Après beaucoup de peine & d'efforts impuif-
fans,

Elle dit qu'Uranie eft feule aimable & belle,

Et m'y rengage plus que ne font tous mes fens.

Sonnet de Benferade.

Job de mille tourmens atteint

Vous rendra fa douleur connue,

Et raifonnablement il craint

Que vous n'en foyez point émue.

Vous verrez fa mifere nue,

Il s'eft lui-même ici dépeint,

Accoutumez-vous à la vue

D'un homme qui fouffre & fe plaint.

Bien qu'il eût d'extrêmes fouffrances,

On voit aller des patiences

Plus loin que la fienne n'alla.

S'il fouffrit des maux incroyables,

Il s'en plaignit, il en parla;

J'en connois de plus miférables.

La Cour & la Ville fe partagerent
fur le mérite de ces deux Pieces. Il fe

forma deux factions qui difputerent beaucoup & ne déciderent rien. Les uns fous
le nom de *Jobelins* fuivoient l'étendard
du Prince de Conti ; & les autres fous
le nom d'*Uranins* avoient à leur tête
Madame de Longueville ; ce qui fit dire
à une perfonne très-fpirituelle :

> Le deftin de Job eft étrange
> D'être toujours perfécuté,
> Tantôt par un démon & tantôt par un
> Ange.

VII.

MADAME de Sablé fort ami de Voiture, avoit accoutumée de lui reprocher
en riant, qu'il avoit une vanité de femme ; ce qui marquoit bien fon caractere.

VIII.

VOITURE étoit de complexion fort
amoureufe, & il fe vantoit d'en avoir
conté à toutes fortes de perfonnes depuis
la plus haute condition jufqu'à la plus
baffe ; ou comme on a dit de lui, depuis

le fceptre jufqu'à la houllete, & depuis la couronne jufqu'à la cale.

IX.

VOITURE qui étoit grand joueur, & qui ne confultoit pas fes forces quand il jouoit, hafardoit au jeu des fommes confidérables : il perdit fur fa parole chez Monfieur, quatorze cens louis ; il promit de payer le lendemain, & ne put raffembler que douze cens louis. Comme il fe piquoit d'une exactitude fcrupuleufe, & qu'il y attachoit fon honneur, il écrivit en ces termes à Coftar fon meilleur ami.

« Envoyez moi, je vous prie, promp-
» tement deux cens louis dont j'ai be-
» foin, pour achever la fomme de qua-
» torze cens que je perdis hier au jeu :
» vous fçavez que je ne joue pas moins
» fur votre parole que fur la mienne.
» Si vous ne les avez pas, empruntez-
» les ; fi vous ne trouvez perfonne qui

» veuille vous les prêter, vendez tout
» ce que vous avez, jufqu'à votre bon
» ami Monfieur Paucquet; car abfo-
» lument je veux deux cens piftoles.
» Voyez, avec quel empire parle mon
» amitié, c'eft qu'elle eft forte ; la vôtre
» qui eft encore foible, diroit je vous
» fupplie de me prêter deux cens louis fi
» vous le pouvez fans vous incommoder :
» je vous demande pardon, fi j'en ufe fi
» librement. »

Coftar lui fit tenir ce qu'il demandoit, & lui renvoya fa promeffe avec
cette réponfe.

« Je n'aurois jamais cru avoir tant de
» plaifir pour fi peu d'argent : puifque
» vous jouez fur ma parole , je garderai
» toujours un fonds pour la dégager. Je
» vous affure de plus qu'un de mes parens
» a toujours mille louis , dont je puis dif-
» pofer comme s'ils étoient dans votre
» caffette. Je ne voudrois pourtant pas

» vous expofer par là à quelque perte
» confidérable. Un de mes amis me di-
» foit hier, que feu fon bien avoit été le
» meilleur ami qu'il eût au monde. Je
» vous confeille de garder le vôtre ; je
» vous renvoie votre promeffe. Je fuis
» furpris que vous en ufiez ainfi avec
» moi, après ce que je vous vis faire
» l'autre jour pour M. Balzac. »

X.

Voici un trait bien marqué de la gé-
nérofité de Voiture. Balzac lui envoya
demander quatre cens écus à emprunter:
Voiture prêta galamment la fomme ; &
prenant la promeffe de Balzac, que lui
remit le Valet qui faifoit la commiffion,
il mit au bas de l'acte : je fouffigné confeffe devoir à M. Balzac, la fomme de
huit cens écus, pour le plaifir qu'il m'a
fait de m'en emprunter quatre cens. Il
donna enfuite cette promeffe au Valet,
afin qu'il la portât à fon maître. Voilà un

billet qui fait plus d'honneur à Voiture
que ses plus belles Lettres.

XI.

VOITURE, qui étoit interprête de la
Reine mere, fit dire un jour à un Ambassadeur étranger, des belles choses qui
n'étoient point dans son discours ; on le
fit remarquer à Voiture, qui reprit brusquement : s'il ne le dit pas, il doit le
dire.

XII.

LORSQUE la Marquise de Sablé apprit la mort de Voiture, elle dit : jusqu'à présent, je n'avois eu que de la
crainte de la mort ; mais puisqu'elle m'ô-
te Voiture, je la veux haïr jusqu'au tombeau.

JEAN ROTROU,
né à Dreux l'an 1609, mort en 1650.

I.

ROTROU étoit joueur, mais il
avoit une maniere singuliere pour

s'empêcher de perdre tout son argent à
la fois, & afin de s'en conserver pour
les besoins de la vie. Quand les Comédiens lui apportoient l'argent de quelqu'une de ses pieces, il le jettoit ordinairement sur un tas de fagots qu'il tenoit renfermés. Lorsqu'il avoit besoin
d'argent, il étoit obligé de sécouer ces
fagots pour en faire tomber quelque chose, & la peine que cela lui donnoit,
l'empêchoit de prendre tout à la fois,
& lui faisoit toujours laisser quelque chose en réserve.

II.

ROTROU se préparoit à donner son
Vinceslas, lorsqu'il fut arrêté & conduit
en prison pour une dette qu'il n'avoit pû
acquitter. La somme n'étoit pas considérable ; mais Rotrou étoit joueur, & par
conséquent assez souvent vis-à-vis de
rien. Il envoya chercher les Comédiens,
& leur offrit pour vingt pistoles sa Tra-

gédie. Le marché fut bientôt conclu; Rotrou fortit de prifon ; fa Tragédie fut jouée , mais avec un tel fuccès, que les Comédiens crurent devoir joindre au prix qu'ils avoient payé, un préfent honnête. On ignore fi Rotrou l'accepta.

III.

TOUS les Poëtes fe liguerent contre le Cid. Il n'y eut que Rotrou qui refufa de fe prêter à la jaloufie du Cardinal de Richelieu. Auffi le grand Corneille l'appelloit-il fon Pere.

IV.

LE grand Corneille difoit : M. Rotrou & moi ferions fubfifter des faltimbanques ; pour marquer que l'on n'auroit pas manqué de venir à leurs pieces, quand bien même elles auroient été mal repréfentées.

V.

ROTROU étoit revêtu de toutes les Magiftratures de la Ville de Dreux, lorfqu'elle fut affligée d'une maladie épi. démique. Preffé par fes amis de Paris de mettre fa vie en fûreté, & de quitter un lieu fi dangereux, il répondit : que fa confcience ne lui permettroit pas de fuivre ce confeil, parce qu'il n'y avoit que lui qui pût maintenir le bon ordre dans ces circonftances. Il finiffoit fa Lettre par ces mots : ce n'eft pas que le péril où je me trouve ne foit fort grand, puifqu'au moment où je vous écris, les cloches fonnent pour la vingt-deuxieme perfonne qui eft morte aujourd'hui. Ce fera pour moi quand il plaira à Dieu.

CLAUDE FAVRE DE VAUGELAS, *né à Chambéri l'an 1585, mort en 1650.*

I.

L E Cardinal de Richelieu ayant fou-. haité que l'Académie Françoife travaillât tout de bon à un *Dictionnaire*,

on lui témoigna que l'unique moyen
d'avancer ce travail, étoit d'en charger
principalement M. de Vaugelas, & de
lui faire rétablir pour cet effet par le
Roi, une penfion de deux mille livres,
dont il n'étoit plus payé. Le Cardinal
ayant goûté cet expédient, Vaugelas
l'alla auffi-tôt remercier. Le Miniftre le
voyant entrer dans fa chambre, s'avan-
ça vers lui; & lui dit : eh bien, Monfieur, vous n'oublierez pas du moins
dans le Dictionnaire le mot de *penfion*;
non, Monfeigneur, répondit M. Vaugelas, & encore moins celui de *recon-*
noiffance.

II.

VAUGELAS difoit qu'une mauvaife
raifon fait ordinairement moins de tort
qu'un mauvais mot, parce qu'il n'y a
que les gens à réflexion qui connoiffent
la fauffeté d'un raifonnement; au lieu
qu'un mauvais mot eft remarqué de tout
le monde.   III.

III.

VAUGELAS se forma sur l'histoire Romaine de Coeffeteau, & ne vouloit presque point recevoir de phrase qui n'y fut employée. Balzac dit à ce sujet, qu'au jugement de M. de Vaugelas, il n'y avoit point de salut hors l'histoire Romaine, non plus que hors de l'Eglise Romaine. Il lut dans la suite, les Traductions de d'Ablancourt, & il les prit pour le modele de la sienne.

IV.

VOITURE qui étoit fort ami de Vaugelas, le railloit quelquefois sur le trop de soin qu'il employoit à sa Traduction de Quinte-Curse. Il lui disoit qu'il n'auroit jamais achevé ; que pendant qu'il en poliroit une partie, notre langue venant à changer, l'obligeroit à refaire toutes les autres : à quoi il appliquoit plaisamment ce qui est dit dans Martial de ce Barbier, qui étoit si long-temps à faire une barbe , qu'avant qu'il l'eût achevée, elle commençoit à revenir.

Eutrapelus Tonfor , dum circuit ora Lu-
        perci .

Expungitque genas , altera barba fubit.

AINSI, difoit-il, *altera lingua fubit.* Au refte , cette Traduction reçut de grands applaudiffemens ; & c'eft à fon fujet que Balzac dit que l'Alexandre de Quinte-Curfe étoit invincible , celui de Vaugelas inimitable.

V.

VAUGELAS s'étant trouvé mal , envoya un domeftique appeller du fecours : avant le retour de celui-là, un autre étant furvenu , trouva fon maître qui rendoit un abcès par la bouche , & lui demanda tout étonné, ce que c'étoit ; à quoi Vaugelas répondit froidement & fans émotion : vous voyez, mon ami , le peu que c'eft que l'homme. Après ces paroles , il n'en prononça plus, & n'eut que quelques momens de vie.

RENÉ DESCARTES,
né en Touraine l'an 1596, mort en 1630.

I.

ON songeoit tout de bon à donner un Arrêt contre la Philosophie de Descartes, lorsque Despréaux fit paroître le sien. C'est une bagatelle qui peut-être plus qu'aucune autre chose, a empêché que le Parlement n'en ait rendu un véritable. M. Boileau le Greffier, présenta cet Arrêt à signer au premier Président de Lamoignon avec beaucoup d'autres : comme c'étoit un Magistrat fort exact; il les examina les uns après les autres. Quand il fut tombé sur celui de Despréaux, il dit à Boileau : *ah! voilà un tour de ton oncle.*

II.

On disoit ordinairement à Paris, il y a quelque temps, que de tous les hommes, Defcartes eſt celui qui a le mieux rêvé.

III.

SAINT Evremont écrivoit à un de ſes amis : on m'a dit que Defcartes n'étoit pas l'inventeur du ſyſtême des Automa-tes, & qu'un Eſpagnol l'avoit prévenu. Je le crois ſans preuve ; & je ne connois que les Eſpagnols qui puiſſent bâtir un pareil château.

IV.

LE pere Merſenne, qui étoit correſ-pondant de Defcartes à Paris, ayant dé-bité dans une aſſemblée de Savans, que Defcartes travailloit à un ſyſtême de Phyſique, où il admettoit le vuide. Ce projet fut ſifflé généralement. Le Pere Merſenne écrivit que le vuide n'étoit pas alors à la mode en France, ce qui obli-gea Defcartes à changer d'avis. Ainſi, l'excluſion du vuide devint par politique un des principes du nouveau ſyſtême.

V.

LES Péripatéticiens, du temps de Defcartes, difoient de lui, *doctiffimus Geometer*, *Philofophus mediocris*, *Theologus nullus*.

V I.

UN Curé de Village avoit élevé quatre dogues : il appelloit l'un Ariftote, l'autre Defcartes. Il avoit donné à chacun un difciple, & avoit entretenu les deux parties dans une grande animofité. Ariftote ne voyoit point Defcartes, qu'il ne fût prêt à s'élancer fur lui pour le dévorer, & Defcartes lui gardoit une haine pareille. Quand le Curé vouloit fe divertir, il appelloit Ariftote & Defcartes ; chacun fe rangeoit à fa place, Ariftote à la droite, Defcartes à la gauche, & chaque difciple fe tenoit à côté de fon maître. Le Curé parloit enfuite à Ariftote, pour l'inviter à s'accommoder avec Defcartes. Ariftote par fes aboiemens réitérés & fes yeux étincellans, difoit qu'il ne vouloit entendre à aucun accommodement. Il fe tournoit enfuite du côté de Defcartes, à qui il ne parloit pas avec plus de fuccès. Effayons, difoit-il enfuite, fi en vous faifant conférer enfemble, vos efprits pourront fe réunir ; il les faifoit approcher ; ils fe parloient d'abord en aboyant doucement : il fembloit qu'ils fe répondoient l'un à l'autre. Infenfiblement ils aboyoient plus fort, & puis fe battoient deux contre deux. Ils fe feroient étranglés fi le Curé, par l'autorité qu'il s'étoit confervée, ne les avoit féparés : le bon Curé prétendoit que c'étoit un image naïve des difputes des Philofophes.

VII.

LE P. Daniel, dans fon voyage de Defcartes autour du monde, dit : il n'y a rien de plus édifiant que la lettre que ce Philofophe écrit aux Sorboniftes, en

leur dédiant ſes Méditations ; & cela eſt
ſi vrai , qu'un de mes amis ayant lu par
haſard cette lettre chez moi , & voyant
enſuite le titre de *Méditation* à la tête
de l'ouvrage , me pria bonnement de lui
prêter ce Livre ſpirituel, pour entretenir
ſa dévotion pendant la Semaine Sainte.

VIII.

ON conſeilloit à M. Colbert de faire
apprendre à ſon fils aîné la Philoſophie
de Deſcartes, & non l'ancienne Philoſophie, qui étoit remplie de niaiſeries &
de folies. On m'a dit auſſi , répondit ce
Miniſtre, qu'il y a bien des fadaiſes &
des chimeres dans la nouvelle ; ainſi ,
continua-t-il , folie ancienne , folie nouvelle, je crois qu'ayant à choiſir, il faut
préférer l'ancienne à la nouvelle.

IX.

DESCARTES a porté le flambeau des
Sciences, & il a été parmi nous ce que
Socrate diſoit qu'il étoit à Athenes , l'ac-
coucheur des eſprits. G iv

L'Abbé Dezalleurs difoit que la raifon avoit fervi de Microfcope à Defcartes.

X.

DESCARTES avoit fait avec beaucoup d'induftrie une machine automate pour prouver démonftrativement que les bêtes n'ont point d'ame , & que ce ne font que des machines fort compofées qui fe remuent à l'occafion des corps étrangers qui les frappent , & leur communiquent une partie de leur mouvement. Ce Philofophe ayant mis cette machine fur un vaiffeau ; le Capitaine eut la curiofité d'ouvrir la caiffe dans laquelle elle étoit enfermée. Surpris des mouvemens qu'il remarqua dans cette machine qui fe remuoit comme fi elle eût été animée, il la jetta dans la mer croyant que c'étoit le diable.

LE Chevalier Digby , fameux Philofophe Anglois , ayant lu les écrits de

Defcartes, réfolut de paffer en Hollande pour le voir. Il l'alla trouver dans fa folitude d'Egmond ; & après avoir raifonné long-temps devant lui fans fe faire connoître, Defcartes qui avoit lu quelques-uns de fes ouvrages, lui dit, qu'il ne doutoit point qu'il ne fut le célebre M. Digby : & vous, Monfieur, répliqua Digby, fi vous n'étiez pas l'illuftre M. Defcartes, vous ne me verriez pas venir exprès d'Angleterre pour avoir le plaifir de vous voir ; M. Digby dit enfuite à ce Philofophe qu'il feroit mieux de s'appliquer à chercher les moyens de prolonger la vie, que de s'attacher aux fimples fpéculations de la Philofophie. Defcartes l'affûra qu'il avoit médité fur cette matiere, & que de rendre l'homme immortel, c'eft ce qu'il n'ofoit fe promettre, mais qu'il étoit bien fûr de pouvoir rendre fa vie égale à celle des Patriarches. On n'ignoroit pas en Hol-

lande que Defcartes fe flattoit d'avoir fait
cette découverte ; & l'Abbé *Picot* fon
difciple & fon martyr, perfuadé qu'il
avoit trouvé ce grand fecret, ne vouloit
point croire la nouvelle de fa mort. Lorfqu'il ne lui fut plus permis d'en douter,
il s'écria : C'en eft fait, la fin du genre
humain va venir.

XII.

UN grand Seigneur ignorant, voyant
un jour Defcartes qui faifoit bonne chere, lui dit : Eh ! quoi les Philofophes
ufent-ils de ces friandifes ? Et pourquoi
non, lui répondit-il, vous imaginez-vous
que la nature n'ait produit les bonnes
chofes que pour les ignorans ?

XIII.

DESCARTES étant allé en Suéde, où
la Reine Chriftine l'avoit appellé, fut
attaqué d'une fievre continue avec une
inflammation de poumon. M. Chanut,
Ambaffadeur de France, qui fortoit

d'une maladie semblable, voulut le faire traiter comme lui: mais la tête étoit si embarrassée, qu'on ne put lui faire entendre raison, & qu'il refusa opiniâtrément la saignée, disant : *Messieurs, épargnez le sang françois.* Il consentit à la fin qu'elle se fît ; mais il étoit trop tard, & il mourut dans sa 54e année. La Reine avoit dessein de le faire enterrer auprès des Rois de Suede avec une pompe convenable, & de lui dresser un mausolée de marbre. Mais M. Chanut obtint d'elle, qu'il fût enterré avec plus de simplicité, & suivant l'usage des Catholiques. Son corps demeura à Stokolm jusqu'à l'année 1666, qu'il en fut enlevé par les soins de M. d'Alibert, Trésorier de France, pour être porté à Paris, où il arriva l'année suivante. Il fut enseveli de nouveau, avec beaucoup de pompe, dans l'Eglise de sainte Genevieve du Mont.

XIV.

DANS un caffé de Paris, un Carthé-
sien & un Neutonien pousserent la dispute jusqu'à se battre. Comme après
qu'on les eut séparés, le Neutonien se
plaignoit beaucoup des coups qu'il avoit
reçus: Vous devez les pardonner à votre
adversaire, lui dit un plaisant, il a été déterminé par une force supérieure ; l'at-
traction a agi sur vous & sur lui ; & malheureusement la force repoussante venant
à manquer, vous l'avez attiré avec tant
de violence qu'il est venu vous heurter
& a enfilé une ligne droite vers le centre,
au lieu de décrire habilement un cercle,
comme il l'auroit dû faire , si la seconde
direction ne lui eût pas malheureusement
manqué.

JACQUES SIRMOND,

né à Riom l'an 1559, mort
en 1651.

I.

LE P. Vavaffeur n'ayant trouvé qu'une faute dans un de fes ouvrages, confulta s'il falloit mettre *errata* ou *erratum*. Le P. Sirmond lui dit, donnez le moi, j'en trouverai encore une, & on mettra *errata*.

II.

QUAND on demandoit devant le P. Sirmond, quoique fort fobre, combien il falloit boire de coups dans un repas, il repondoit toujours.

Si bene commemini, caufæ funt quinque bibendi :

Hofpitis adventus, præfens fitis atque futura,
Et veni bonitas, & quælibet altera caufæ.

III.

ON montroit au P. Sirmond une grande Bibliotheque prefque toute compofée

de Livres imprimés à Lion ; & au lieu
d'en paroître content, il dit que pour
faire là une Bibliotheque, il falloit commencer par brûler toute celle qu'il voyoit.

IV.

LES ouvrages du Pere Sirmond ne
font tous si parfaits, que parce qu'il n'a
commencé à imprimer que dans un âge
fort avancé. Ne vous preffez pas, dit ce
favant homme à M. Huet, de rien donner au Public ; il n'y a rien dans les fciences qui n'ait fes coins & fes recoins où
la vûe d'un jeune homme ne perce pas ;
attendez que vous ayez 50 ans fur la
tête pour vous faire Auteur.

V.

DANS une des cours du Collége des
Jéfuites de Paris, il y avoit un arbre
fous lequel le P. Sirmon, le P. Saliant &
d'autres s'entretenoient fouvent. Cet arbre ayant été coupé, le P. Coffart fit
cette épigramme qu'on n'a pas mife dans
le recueil de fes Poéfies.

Tot Patribus dilectam olim quæ præbuit um-
    bram ,

Quæ Sirmonde tibi , quæ Saliande tibi ,

Heu ! nimium ingratis invisa nepotibus arbos ,

Ista gemit ferro , tractaque sune cadit .

Vestram , sæcla , fidem ! ô mores ! ô tempora !
    Quantum ,

Deficimus , Patrum ne manet umbra quidem.

CLAUDE LÉTOILE,
né à Paris l'an, 1596, mort
en 1651.

I.

UN jour que Gombauld & Ménage
étoient chez Létoile, il s'y trouva
un Provencial qui louoit extrêmement
les vers d'un homme de sa Province. Si
on avoit voulu le croire, c'étoit le meilleur Poëte de France. Létoile qui ne
connoissoit pas ce Poëte, demanda à
ces Messieurs s'ils le connoissoient, ils répondirent que non. Alors il prononça cet
Arrêt: *Malheur à tout homme qui fait des*

vers, & qui n'eſt pas connu de M. Gombauld, de Ménage & de Moi.

II.

LÉTOILE reprenoit hardiment &
bruſquement avec une ſévérité outrée, ce
qui ne lui plaiſoit pas dans les choſes
qu'on expoſoit à ſon jugement. On l'ac-
cuſe d'avoir fait mourir de regret & de
douleur un jeune homme qui étoit venu
du Languedoc avec une Comédie qu'il
croyoit un chef-d'œuvre, & où il fit remarquer clairement mille défauts. Une
autre perſonne l'étant allé conſulter ſur
une Tragédie, il en écouta la premiere
& la ſeconde Scene ſans rien dire ; mais
à la troiſieme où il y avoit un Roi qui ne
parloit pas à ſon gré, *Ce Roi eſt ivre*,
dit-il, en ſe levant, car autrement il ne
tiendroit pas ce diſcours.

DENIS. PÉTAU, né à Orléans en 1583, mort l'an 1652.

I.

LE Pere Pétau ayant été attaqué par le Miniftre Oroi, ne voulut point repliquer, parce, que difoit-il, quand on écrit contre les Miniftres, on eft caufe que leurs penfions font augmentés.

II.

LE P. Pétau a eu une guerre fort lon-gue & fort vive avec Saumaife. Elle commença par ces étranges paroles que le Proteftant lâcha contre le Jéfuite en attaquant un endroit de fon faint Epipha-ne, *fed de illius hominis ineptiis & infci-tiâ nobis alius erit dicendi locus.*

III.

LORSQUE le Roi de Pologne en-voya l'an 1645, cette Ambaffade fi fo-lemnelle pour demander en mariage la Princeffe Marie de la maifon de Man-

touc ; les Ambaſſadeurs , gens des plus
illuſtres par leur naiſſance & par leur
doctrine , vinrent au Collége des Jéſuites ; & en entrant dans la cour, ils criè-
rent: *volumus videre clariſſimum Peta-*
vium. Le Pere Pétau faiſoit alors une
leçon de Théologie. Il parut avec un
porte-feuille ſous ſon bras ; répondit à
leurs complimens Latins avec ſon éloquence ordinaire.

IV.

LE Pape Urbain VIII. appella le Pere
Péteau à Rome pour le faire Cardinal.
Ce Jéſuite qui avoit autant de ſimplicité
que d'érudition , fut ſi effrayé de cette
réſolution, qu'il en tomba malade très-
dangereuſement. Ses amis , touchés de
l'état où il étoit réduit , eurent recoursà
l'autorité Royale. Loüis XIII. à qui le
nom du P. Péteau n'étoit pas inconnu,
déclara qu'il ne vouloit pas qu'un homme qui faiſoit tant d'honneur à ſon Royau-

me, en fût retiré. Cette nouvelle fit ce que les remedes n'avoient pû faire ; le malade guérit. Peu après le Nonce travailla à faire lever la défenfe. Mais les Médecins du Roi, de M. le Duc d'Orleans, de M. le Prince de Condé, certifierent que s'il entreprenoit le voyage, il mourroit en chemin. Alors les inftances cefferent.

V.

MONSIEUR Thoynard qui étoit fi favant, difoit du P. Pétau, qu'il étoit capable de remplir le monde de Livres Originaux dans toutes les fciences.

V I.

IL ne fe paffoit point d'année, que le Pere Pétau ne relut une fois le Defpautere d'un bout à l'autre, afin qu'il ne lui échappât rien dans fes Livres contre les regles & contre la Grammaire.

V I I.

LE Pere Pétau fut vifité la veille de

sa mort par Gui Patin. Celui-ci lui ayant dit qu'il n'avoit que quelques heures à vivre ; la joie que cette nouvelle causa au malade sembla le ranimer, il se leva sur son séant, se fit apporter un exemplaire du *Rationarium temporum*, demanda une Plume, écrivit sur la premiere page, *Guidoni Patino Medico clariſſimo*, & le pria de recevoir son Livre, en lui disant : *Je vous dois un préſent pour la bonne nouvelle que vous venez de m'apprendre.*

JEAN PIERRE CAMUS,
né à Paris l'an 1582, mort en 1652.
I.

MONSIEUR CAMUS, nommé à l'Evêché de Bellay à l'âge de 26 ans, ne s'occupa plus qu'à prêcher, à écrire contre les Moines, & à faire une infinité de Romans tous Chrétiens qui étoient fort recherchés alors, & dont

on ne se souvient plus depuis long-temps.
Le Cardinal de Richélieu, pressé par les
Moines de l'obliger à les laisser en repos,
lui dit : je ne trouve aucun autre défaut
en vous que cet acharnement que vous
avez contre les Moines ; sans cela , je
vous canoniserois. Plût à Dieu, M. répondit l'Evêque de Bellay , que cela
pût arriver ; nous aurions l'un & l'autre
ce que nous souhaiterions , *vous seriez
Pape , & je serois Saint.*

II.

MONSIEUR de Bellay prêchoit un
Lundi de Pâques aux Incurables , M. le
Duc d'Orléans entra suivi d'un cortege
considérable , & entr'autres de l'Abbé
de la Riviere insigne flateur , & de M.
Tubeuf, Intendant des Finances. Après
que Monsieur eut pris sa place, il fit prier
M. de Bellay de recommencer son Sermon. L'Evêque obéit , & après l'avoir
salué fort humblement , lui dit : Monsei-

gneur, Dimanche dernier, je préchai
le triomphe de J. C. à Jerufalem, Ven-
dredi fa mort, hier fa Réfurrection ; &
aujourd'hui je dois prêcher fon pélerinage à Emmaüs avec deux de fes Difciples.
J'ai vû, Monfeigneur, votre Alteffe
Royale dans le même état. Je vous ai
vu triomphant dans cette Ville avec la
Reine Marie de Médicis votre mere : je
vous ai vu mort par des Arrêts fous un
Miniftre : je vous ai vu reffufcité par la
bonté du Roi votre frere, & je vous vois
aujourd'hui en pélerinage. D'où vient,
Monfeigneur, que les Grands Princes fe
trouvent fujets à ces changemens ? Ah !
Monfeigneur, c'eft qu'ils n'écoutent que
les flatteurs, & que la vérité n'entre ordinairement dans leurs oreilles, que
comme l'argent entre dans les coffres du
Roi, un pour cent.

M. Camus qui vit que plufieurs Abbés
avoient ceffé de prêcher, dès qu'on les

avoit fait Evêque, dit : *qu'un Evêché étoit un baillon.*

L'Evêque de Bellay difoit d'un homme qui étoit Muficien, Poëte, Peintre, & Aftrologue, il eft fou à quatre parties.

III.

MONSIEUR de Bellay prêchant la Paffion à S. Jean en Greve, devant M. le Duc d'Orléans Gafton, s'apperçut que ce Prince étoit placé entre M. de Mercy & M. Bullion, Intendans des Finances. Il prit de-là occafion de faire cette exclamation équivoque. Ah ! Monfeigneur, s'écria-t-il, quand je vous vois entre deux larrons, &c. Cela fut remarqué par une bonne partie de l'affemblée, qui ne put s'empêcher d'en rire. Monfieur qui dormoit, fe réveilla en furfaut, demanda ce que c'étoit : ne vous inquiétez pas, lui dit M. de Bullion, en lui montrant M. de Mercy : c'eft à nous deux qu'on parle.

IV.

UN jour que M. Camus prêchoit devant l'Archevêque.... dont les manieres étoient bizarres; Monseigneur, lui disoit-il, quand je m'imagine votre tête, je crois voir une Bibliotheque. D'un côté je vois les Livres de Saint Augustin & de Saint Jerôme; de l'autre côté, ceux de Saint Cyprien & de Saint Chrysostôme, & quantité de places pour en mettre d'autres.

V.

DANS un Sermon que M. de Bellay faisoit aux Cordeliers, le jour de saint François, mes Peres, leur disoit-il, admirez la grandeur de votre Saint: ses miracles passent ceux du fils de Dieu. Jesus - Christ avec cinq pains & trois poissons, ne nourrit que cinq mille hommes une fois en sa vie; & saint François avec une aune de toile, nourrit tous les jours,

jours, par un miracle perpétuel, quarante mille fainéans.

V I.

MONSIEUR de Bellay prêchant dans l'affemblée des trois Etats du Royaume, un Sermon qu'il a fait imprimer, il parla ainfi : qu'euffent dit nos Peres, de voir paffer les offices de Judicature à des femmes & à des enfans au berceau ? Que refte-t-il plus, finon, comme cet Empereur ancien, d'admettre des chevaux au Sénat ? Et pourquoi non ? Puifque tant d'ânes y ont entré.

V I I.

MONSIEUR Camus n'aimoit point les Saints nouveaux, & il difoit un jour en Chaire fur ce fujet : je donnerois cent de nos Saints nouveaux pour un ancien ; il n'eft chaffe que de vieux Sainfs.

MONSIEUR Camus refufa deux Evêchés confidérables, qui lui furent offerts par le Cardinal de Richelieu, Arras &

Amiens ; la petite femme que j'ai épou-
fée, difoit-il, eft affez belle pour un
Camus.

VIII.

MONSIEUR de Bellay fe plaifoit à faire des allufions, quelques mauvaifes qu'elles fuffent. Prononçant un jour le Panégyrique de Saint Marcel, fon Texte fut
le nom Latin de ce Saint *Marcellus*, qu'il
coupa en trois pour les trois parties de
fon Difcours. Il dit qu'il trouvoit trois
chofes cachées dans le nom de ce grand
Saint. 1°. Que *Mar* vouloit dire qu'il
avoit été une mer de charité & d'amour
envers fon prochain. 2°. Que *cel* montroit qu'il avoit eu au fouverain degré le
fel de la fageffe des Enfans de Dieu. 3°.
Que *lus* prouvoit affez comme il avoit
porté la lumiere de l'Evangile à tout un
grand Peuple, & comme lui-même,
avoit été une lumiere de l'Eglife, & la
lampe ardente qui brûloit du feu de l'a-
mour divin.

M. Camus ayant entendu prêcher M..
Godeau sur la grace : j'ai, dit-il, entendu un Sermon de la Grace, prononcé
de bonne grace, par M. l'Evêque de
Grace.

M. Camus disoit qu'après leur mort,
les Papes devenoient des Papillons,
les Sires des Cirons: & les Rois des Roitelets.

I X.

CE que M. Camus dit un jour à Notre-Dame, avant de commencer son Sermon, est plus spirituel : messieurs, on
recommande à vos charités une jeune
Demoiselle, qui n'a pas assez de bien
pour faire vœu de pauvreté.

X.

SAINT François de Sales s'étant plaint
un jour à M. Camus de son peu de mémoire, il lui répondit : vous n'avez pas
à vous plaindre de votre partage, puisque vous avez la très-bonne part, qui

H ij

eſt le jugement, dont je vous aſſure que je ſuis fort court ; à ce mot, ſaint Fran-çois de Sales ſe mit à rire ; & l'embraſ-ſant tendrement, lui dit : je connois maintenant que vous y allez tout à la bonne foi. Je n'ai jamais trouvé qu'un homme avec vous, qui m'ait dit qu'il n'avoit guere de jugement. Mais ayez bon courage, l'âge vous en apportera aſſez: c'eſt un des fruits de l'expérience & de la vieilleſſe.

XI.

LE Cardinal de Richelieu demanda un jour à M. Camus ſon ſentiment ſur deux Livres nouveaux, dont l'un étoit le Prince de Balzac & l'autre le Miniſtre d'Etat de Sichon : Monſeigneur, répon-dit-il, l'un ne vaut guere : & l'autre rien du tout.

XII.

MONSIEUR de Bellay définiſſoit la politique, *ars, non tam regendi, quam ſallendi homines,*

XIII.

MONSIEUR de Bellay difoit qu'il étoit furpris de deux chofes ; l'une que les Catholiques qui difent que l'Ecriture eft un Livre fort obfcur, l'expliquent néanmoins fi rarement dans leurs Sermons ; & l'autre que les Proteftans qui difent qu'elle eft claire comme le jour, fe tuent cependant à l'expliquer dans leurs Livres.

CLAUDE DE SAUMAISE,

né en Bourgogne l'an 1588, mort en 1653.

I.

LA Reine de Suede, parlant de Saumaife, difoit : qu'elle admiroit encore plus fa patience que fon érudition, par rapport à ce qu'il avoit à fouffrir de l'humeur impérieufe de fa femme, Anne Mercier.

II.

MALGRÉ l'emportement qui regne dans les Ouvrages de Saumaise, c'étoit un homme facile, communicatif & tout à fait doux dans le commerce. Il se laissoit dominer par une femme hautaine & chagrine, qui se vantoit d'avoir pour mari, non pas pour maître, *le plus savant de tous les Nobles, & le plus Noble de tous les savans.*

III.

GAULMIN, Saumaise & Maussac, trois savans fameux, s'étant rencontrés dans la Bibliotheque du Roi, Gaulmin, dit: nous tiendrions bien tête à tous les savans du Royaume. Saumaise répondit, dites de l'univers; & moi seul, je vous tiendrois bien tête à tous deux.

IV.

SAUMAISE fut choisi pour défendre Charles I. Roi d'Angleterre contre ses ennemis. Voici comme il commence

cette Apologie : Anglois qui vous ren-
voyez les têtes des Rois comme des ba-
les de paume, qui jouez à la boule avec
des Couronnes, & qui vous servez de
Sceptres comme des marottes.

JEAN-LOUIS GUEZ DE
BALZAC, né à Angoulême l'an
1594, mort en 1654.

I.

BALZAC étoit accablé par le grand
nombre de lettres qu'on lui écrivoit;
parce qu'outre qu'il composoit avec une
extrême peine, il savoit qu'on montroit
ses lettres, & qu'ainsi il falloit que rien
n'y manquât. Voici comment il décrit
son état à cet égard. » Il est la bute de tous
» les mauvais complimens de la Chré-
» tienté, pour ne rien dire des bons qui
» lui donnent encore plus de peine. Il est
» persécuté, il est assassiné de civilités
» qui lui viennent des quatre parties du

» monde; & il y avoit hier au soir sur la
» table de sa chambre 50 lettres qui lui
» demandoient des réponses, mais des
» réponses éloquentes, des réponses à
» être montrées, à être copiées, à être
» imprimées.... A l'heure que je vous
» parle, dit-il, dans un autre endroit, il y
» a sur ma table une centaine de lettres
» qui attendent des réponses. J'en dois à
» des têtes Couronnées. » Comme il fut
le premier en France qui se fit un grand
nom pour ces sortes d'écrits, il en remporta le titre de grand *Epistolier*.

II.

DEPUIS que le Pere André, Feuil-
lant, eut commencé à écrire contre Balzac, ce grand écrivain fut en bute à des
traits sans nombre. M. le Chancelier Sé-
guier, n'ayant pas voulu permettre la
publication d'un Livre contre cet homme illustre, il en reçut une lettre où l'on
trouve ces paroles : » Tant qu'il ne se

» préfentera au fceau que de ces gladia-
» teurs de plume, ne foyez point avare
» des graces du Prince, & relâchez un
» peu de votre févérité. Si la chofe étoit
» nouvelle, il fe peut que je ne ferois pas
» fâché de la fuppreffion du premier Li-
» belle qui me diroit des injures : mais à
» cette heure qu'il y en a pour le moins
» une médiocre Bibliotheque , je fuis
» prefque bien-aife qu'elle fe groffiffe, &
» prends plaifir à faire un mont-joie des
» pierres que l'envie m'a jettées fans me
» faire mal.

III.

BALZAC dit : le peuple aime les pro-
diges ; les cometes font plus regardées
que le foleil.

IV.

LA réputation de Balzac étoit fi grande , qu'on alloit de fort loin à fa terre de
Balzac pour l'y voir. Les complimens
qu'on lui faifoit étoient quelquefois fin-

guliers. Un de ces curieux commença un jour sa harangue en ces termes: Le respect & la vénération que j'ai toujours eûe pour vous & pour Messieurs vos livres , &c.

V.

BALSAC, en parlant de Louis XIII. qui n'avoit point d'enfans , dit : qu'il *ne pouvoit faire des coups d'état qu'avec la Reine.* Ce mot tout à fait honnête , donna lieu à Charpentier de prodiguer à Balzac les épithetes d'obscene , d'impudent & d'étourdi.

V I.

MONSIEUR Balzac étoit toujours malade ou valétudinaire. Le Cardinal de Richelieu lui demanda un jour, s'il ne se portoit point mieux : M. de Bautru , sans donner à Balzac le temps de répondre , dit à ce Ministre : comment pourroit-il se bien porter ? il ne parle que de lui-même , & à chaque fois , il met le chapeau à la main : cela l'enrhume.

VII.

BALZAC, parlant de fa Sciatique , difoit : je fuis d'un côté devenu fi vaillant,
que je ne ferois point un pas fi j'étois
pourfuivi d'une Armée ; & de l'autre fi
glorieux, que quand le Pape me vien-
droit voir, je ne l'irois pas reconduire
jufqu'à la porte.

VIII.

UN jour on reprochoit avec juſtice à
Malherbe, qu'il ne donnoit des louanges à perfonnes, & qu'il n'approuvoit
rien : il répondit , j'approuve ce qui eſt
bon ; & pour marque que j'approuve
quelque chofe , je vous annonce que le
jeune homme , qui a fait ces lettres ,
(il parloit de Balzac) fera le reſtaura-
teur de la langue Françoife.

I X.

BALZAC , travailloit difficilement ;
auſſi ; dans une de ces lettres s'écrie-t-il

O bienheureux écrivains, M. de Saumaise en Latin, & M. de Scuderi en
François ! j'admire votre facilité, & j'admire votre abondance ; vous pouvez
écrire plus de Calepins que moi d'Almanachs.

X.

DESPRÉAUX difoit qu'il ne faut pas
toujours juger du caractere des Auteurs
par leurs écrits ; que Balzac, par exemple,
feroit peur à pratiquer par l'affectation
de fon ftyle ; au lieu que Voiture donne
une idée fi riante de fes mœurs, qu'il
fait regretter à fes lecteurs de n'avoir pas
vécu avec lui. Cependant Defpréaux af-
furoit, comme l'ayant fçu des perfonnes
de la vieille Cour, que la fociété de Balzac, bien loin d'être épineufe comme
fes lettres, étoit remplie de douceur &
d'agrément. Voiture, au contraire, faifoit le petit fouverain avec fes égaux,
accoutumé qu'il étoit à fréquenter des *Al-*

teſſes, & ne ſe contraignoit qu'avec les Grands. La ſeule choſe où ſe reſſembloient ces deux Auteurs, c'eſt dans la compoſition de leurs lettres, dont la plus courte leur coûtoit ſouvent quinze jours de travail.

X I.

J'ALLAI voir, dit Menage, M. Balzac, & y trouvai pluſieurs Sçavans; Deſmarets l'Académicien y vint auſſi. On parla de Poéſie, & quelqu'un ayant dit que M. Deſmarets étoit Poëte, & qu'il excelloit à faire des vers : Je n'aime point les vers, dit M. de Balzac, en prenant la parole, à moins qu'ils ne ſoient bons au ſouverain degré. J'ai auſſi le même goût pour la Proſe, répondit M. Deſmarets, & je n'en fais point d'eſtime à moins qu'elle ne ſoit excellente. La converſation continua, & chacun s'efforça de faire paroître ce qu'il ſavoit, & de bien parler; car, tout au contraire d'aujour-

d'hui, on prenoit garde à parler correc-
tement, à ne point faire de faute dans
les entretiens d'affemblées Enfin, tout
le monde s'étant retiré, je reftai feul
avec lui ; alors me prenant par la main:
à préfent que nous fommes feuls, me
dit-il, parlons librement, & fans crain-
dre de faire des folécifmes. Je remarquai
ce mot comme une bonne chofe, & j'en
fis part à plufieurs perfonnes.

XII.

LES Livres de Balzac, difoit fon Apo-
logifte, ne font guere moins communs
que l'air que nous refpirons ; & il y a des
Parlemens entiers qui les favent par
cœur. Cette hyberbole & quelques autres ont fait croire que cette apologie
qui avoit paru fous le nom de M. Ogier,
étoit de Balzac lui-même.

XIII.

BALZAC dit que l'obfcurité du ftyle
de Tertullien, eft comme la noirceur de
l'ébene qui jette un grand éclat.

XIV.

BALZAC parlant des Cardinaux dans le conclave, qui pour devenir Pape, feignent d'être mal, a dit plaisamment : ils ne font jamais fans catarre ; & d'un Cardinal malade, il fe fait toujours un Pape qui fe porte bien.

X V.

LE prix d'éloquence que donne l'Aca- démie Françoife, a été fondé par Balzac en 1654 ; divers obftacles empêcherent que fa volonté ne pût être mife à exécu- tion jufqu'en 167r ; & comme fon fonds avoit profité jufqu'alors , ce prix qu'il avoit fixé à deux cens livres , fut porté à trois cens. C'eft une médaille d'or, qui d'un côté repréfente Saint-Louis, & de l'autre une couronne de Laurier avec ce mot : *à l'immortalité*, qui eft la devife de l'Académie.

XVI.

QUELQU'UN a dit avec beaucoup de

justesse : on aime à louer Voiture, on est forcé de louer Balzac.

JEAN-FRANÇOIS SARRASIN, né à Caen, mort en 1654.

I.

SARRASIN étoit Sécretaire & favori du Prince de Conti. Ce Prince qui voyageoit souvent, étoit harangué presque par-tout où il passoit. Le Maire & les Echevins d'une Ville l'attendoient sur son passage, & lui firent leur harangue à la portiere de son carrosse. Le Harangueur demeura court à la seconde période, sans pouvoir retrouver le fil de son discours. Sarrasin sauta aussi-tôt de l'autre portiere en bas, & ayant fait promptement le tour du Carosse, se joignit au Harangueur & poursuivit la harangue, en la maniere à peu près qu'elle devoit être conçue, y mêlant des louanges si plaisantes & si ridicules, quoique très-sérieuses en apparence, que ce prince ne pouvoit s'empêcher d'éclater de rire. Ce qui fut de plus plaifant, c'eft que le Maire & les Echevins remercierent Sarrafin de tout leur cœur de les avoir tirés d'un fi mauvais pas, & lui préfenterent le vin de la ville comme à M. le Prince de Conti.

II.

QUELQUE facilité qu'eût Sarrafin, le métier de bel efprit l'ennuyoit quelquefois ; & il difoit agréablement : j'envie la facilité de mon Procureur qui commence toutes fes lettres par, *j'ai reçu l'honneur de la vôtre*, fans que perfonne y trouve à redire.

III.

SARRASIN s'étoit marié ; mais il paroît qu'il n'étoit pas content de fon mariage. Il demandoit quelquefois très-férieufement, fi l'on ne trouveroit jamais le fecret de perpétuer le monde fans femme.

IV.

LE Prince de Conti époufa Anne-Ma-

rie Martinoſi, niece du Cardinal Maze-
rin, à la perſuaſion de Sarrazin ſon Secretaire, à qui le Cardinal avoit promis
vingt mille écus. Quand le mariage fut
conſommé, le Cardinal ſe moqua de Sarraſin ; & pour comble de malheur, le
Prince dégoûté, le chaſſa comme un
homme qui l'avoit vendu au Cardinal.
Ce traitement fut ſi ſenſible à Sarraſin,
qu'il en mourut de honte & de douleur.

V.

SARRASIN étant mort à Pezenas, &
Péliſſon paſſant par cette Ville quatre
ans après ; il ſe tranſporta ſur la tombe
de ſon ami ; l'arroſa de ſes pleurs, fit
célébrer un Service pour lui, & lui fonda un Anniverſaire, tout Proteſtant qu'il
étoit alors.

V I.

DESPRÉAUX diſoit qu'il y avoit dans
Sarraſin, la matiere d'un excellent eſprit, mais que la forme n'y étoit pas.

VII.

QUOIQUE Péliffon fe fût déclaré hautement contre les préfaces, il ne laiffa pas d'en faire une très-belle pour les ouvrages de Sarrafin. Il difoit pour fe juftifier, qu'on pouvoit appliquer à ces fortes de chofes, ce qu'un grand Homme a dit autrefois des pompes funèbres, & des devoirs de la fépulture : qu'il eft honnête d'en prendre beaucoup de foin pour autrui, & de ne s'en m'être nullement en peine pour foi-même.

VIII.

LE Sonet fuivant eft la plus jolie chofe qu'aif fait Sarrafin.

Lorfqu'Adam vit cette jeune beauté,
Faite pour lui d'une main immortelle ;
S'il l'aima fort ; elle de fon côté,
Dont bien vous prend, ne lui fut pas cruelle.

Cher Charleval, alors en vérité,
Je crois qu'il fut une femme fidele ;
Mais comme quoi ne l'auroit-elle été ?
Elle n'avoit qu'un feul homme avec elle.

Or en cela nous nous trompons tous
   deux :

Car bien qu'Adam fut jeune & vigou-
   reux,

Bien fait de corps & d'esprit agréable,

Elle aima mieux pour s'en faire conter,

Prêter l'oreille aux fleurettes du diable,

Que d'être femme & ne pas coqueter.

FRANÇOIS TRISTAN L'HERMITE, *né l'an 1601, mort en 1655.*

I.

LE Pere Rapin rapporte que quand Modory jouoit le rôle d'Hérode dans la Marianne de Tristan, le peuple n'en sortoit que rêveur & pensif, faisant réflexion sur ce qu'il venoit de voir, & pénétré en même temps d'un grand plaisir ; en quoi, ajoûte-t'il, on a vû quelque crayon grossier des fortes impressions que faisoient la tragédie des anciens Grecs. Mondory joua effectivement son rôle avec tant de force qu'il en creva.

II.

TRISTAN étoit si mal à son aise, qu'on le voyoit sans manteau dans un temps où c'étoit une honte de n'en point porter. M. de Montmort, Maître des Requêtes, fit sur cela l'Epigramme suivante :

> Elie, ainsi qu'il est écrit,
> De son manteau comme de son esprit
> Récompensa son serviteur fidele.
> Tristan eût suivi ce modele ;
> Mais Tristan qu'on mit au tombeau
> Plus pauvre que n'est un Prophete,
> En laissant à Quinaut son esprit de Poëte,
> Ne pût lui laisser un manteau.

SALVIEN CYRANO DE BERGERAC, né dans le Périgord l'an 1620, mort en 1654.

I.

LA mauvaise réputation de Bergerac sur le fait de la Religion, donna occasion à une aventure assez plaisante. Un jour qu'on jouoit son Agrippine, des badauts avertis qu'il y avoit des endroits dangereux, les ouirent tous fans émotion. Enfin, lorfque Séjan, réfolu à faire périr Tibere, qu'il regardoit déjà comme fa victime, vient à dire fur la fin de la quatrieme fcene du quatrieme acte :

Frappons, voilà l'Hoflie.

ils s'écrierent auffi-tôt : ah le méchant ! ah le lâche ! comme il parle du Saint Sacrement.

II.

LE pédant joué de Cyrano de Bergerac, eft la premiere piece où l'on ait ofé hafarder un Payfan avec le jargon de fon Village. C'eft auffi la premiere Comédie qui ait paru en profe depuis que Hardi & fes contemporains ont établi un Spectacle régulier à Paris.

III.

CYRANO de Bergerac étoit un grand férailleur. Son nez, qu'il avoit tout défiguré, lui a fait tuer plus de dix perfonnes. Il ne pouvoit fouffrir qu'on le regardât, & il faifoit auffi-tôt mettre l'épée à la main. Il avoit eu bruit avec Montfleuri le Comédien, & lui avoit défendu de fa propre autorité, de monter fur le Théatre d'un mois. A deux jours de là, Bergerac fe trouvant à la Comédie, Montfleuri parut & vint faire fon rôle à l'ordinaire. Bergerac du milieu du Parterre, lui cria de fe retirer en le menaçant; & il fallut que Montfleuri, crainte de pis, fe retirât. Bergerac difoit de Montfleuri : à caufe que ce coquin eft fi gros, qu'on ne peut le bâtonner tout entier en un jour, il fait le fier.

PIERRE GASSENDI, *né dans le*
Diocèse de Digne l'an 1592, mort
en 1656.

I.

CE qui se passa au sujet d'un spectre vu plusieurs fois pendant la nuit
à Marseille par le Comte & la Comtesse
Dalais, est plaisant : Gassendi fut consul-
té là-dessus ; & après avoir profondément raisonné, il conclut que ce spectre
avoit été formé par des vapeurs enflam-
mées qu'avoit produit le souffle du Comte & de la Comtesse. Cependant qu'étoit-
ce que ce spectre ? une femme de chambre cachée sous le lit, qui faisoit de temps
en temps paroître un phosphore. La
Comtesse faisoit jouer cette Comédie
pour engager son mari à quitter Marseille
qu'elle n'aimoit pas.

II.

Un demi savant de fort peu d'esprit,
se

fe trouvant avec un grand nombre de gens de lettres , s'avifa de leur vouloir expliquer le fyftême de la Métempficofe. Comme il extravaguoit , Gaffendi quoi-que fort doux & très-modefte , ne put s'empêcher de s'écrier : Pytagore difoit que les ames des hommes entroient après leur mort dans le corps des bêtes ; mais je ne croyois pas que l'ame d'une bête entrât dans le corps d'un homme.

III.

GASSENDI difoit que l'Aftrologie ju-diciaire étoit un jeu, mais le jeu du mon-de le mieux inventé. Il avoit appris l'Af-tronomie en vue de l'Aftrologie ; mais il y fut trompé tant de fois , qu'il l'aban-donna pour fe donner entiérement à l'Aftronomie, qu'il la combattit par fes écrits, qu'il en détourna fes difciples : néanmoins il fe repentit fur la fin de fa vie, de l'avoir fait , non qu'il eut chan-gé de fentiment ; mais difoit-il , parce

que la plûpart étudiant auparavant l'Aſ-
tronomie pour devenir Aſtrologues, il
s'appercevoit que pluſieurs ne vouloient
plus l'apprendre, depuis qu'il avoit dé-
crié l'Aſtrologie.

I V.

GASSENDI partit de Paris pour la
Provence, avec un homme extrêmement habile. Arrivés à Grenoble, ils
deſcendirent à la même Hôtellerie. Le
compagnon de Gaſſendi ſortit de l'Auberge pour aller voir ſes amis. Il en rencontra un qui, après les civilités ordi-
naires, lui dit qu'il alloit rendre viſite à
M. Gaſſendi. Le Pariſien le pria de ſouffrir qu'il l'accompagnât ; mais il fut ſurpris de ſe voir ramener à ſon Auberge,
& plus encore quand il vit que cet excellent Philoſophe étoit ſon compagnon. Il
admira ſa modeſtie, qui durant tout le
voyage, ne lui avoit laiſſé échapper aucun mot qui eût pu le faire connoître.

V.

LE point précis de la nativité de Gaſſendi étant tombé entre les mains de
Morin , le plus grand Aſtrologue de ſon
ſiecle ; il décida , ſachant le mauvais
état de la ſanté du Philoſophe , qu'il
mourroit dans le courant de l'année
1650 ; prédiction qui fut abſolument
fauſſe : Gaſſendi ayant joui d'une ſanté
parfaite cette année & la ſuivante. Bernier ſe moqua bien fort, à cette occaſion
de Morin, qui, pour ſe juſtifier , répondit qu'il n'avoit pas poſitivement aſſûré
la mort de Gaſſendi , mais qu'il l'avoit
ſeulement averti d'un péril mortel ; que
la peur de la prédiction l'avoit obligé à
demander à Dieu avec plus d'ardeur,
la conſervation de ſa ſanté, & que ſes
prieres exaucées , avoient arrêté l'in-
fluence des aſtres, qui n'agiſſoient pas
néceſſairement.

VI.

GASSENDI ne mourut pas d'une maniere édifiante ; un quart d'heure avant sa mort, il disoit à un de ses amis : je ne sais qui m'a mis au monde, qu'elle étoit ma destinée, & pourquoi l'on m'en retire. Quel dommage qu'un si beau génie se soit refusé aux consolations qu'on trouve dans la Religion !

PIERRE DU RYER, né à Paris l'an 1605, mort en 1658.

I.

DU Ryer étoit aux gages des Libraires. On lui donnoit trente sols ou un écu pour la feuille de ses traductions. Le cent des grands Vers lui étoit payé quatre francs, & le cent des petits quarante sous.

II.

L'ABBÉ d'Aubignac, après avoir dit

beaucoup de bien de la Tragédie de du Ryer, intitulée *Efter*, ajoute que le succès en fut beaucoup moins heureux à Paris qu'à Rouen, & qu'on s'en étonna fans en favoir la caufe. Mais pour moi, dit-il, j'eftime que la Ville de Rouen étant toute dans le trafic, eft remplie d'un grand nombre de Juifs, & qu'ainfi les Spectateurs prenoient plus de part dans les intérêts de cette piece toute judaïque, par la conformité de leurs mœurs & de leurs fentimens. D'autres ont penfé avec plus de probabilité que cela venoit de ce qu'on n'eft pas fi difficile dans les Provinces qu'à Paris.

III.

Du Ryer, dit un écrivain, traduifoit les Auteurs à la hâte, pour tirer promptement du Libraire Sommaville, un médiocre falaire qui l'aidoit à fubfifter avec fa pauvre famille dans un petit Village auprès de Paris. Un beau jour d'Eté, nous allâmes plusieurs ensemble lui rendre visite. Il nous reçut avec joie, nous parla de ses desseins, & nous montra ses ouvrages ; mais ce qui nous toucha, c'est que ne craignant pas de nous laisser voir sa pauvreté, il voulut nous donner la collation. Nous nous rangeâmes sous un arbre : on étendit une nappe sur l'herbe ; sa femme apporta du lait, & lui des cerises, de l'eau fraîche & du pain bis. Quoique ce régal nous semblât très-bon, nous ne pûmes dire adieu à cet excellent homme sans donner des larmes à sa vieillesse & aux infirmités dont il étoit accablé.

GUILLAUME COLLETET,
né à Paris l'an 1596, mort en 1659.

I.

LE Cardinal de Richelieu qui l'aimoit, lui fit présent un jour de six cens livres pour six mauvais vers qu'il lui avoit lus. Surquoi Colletet fit ce diftique:

Armand, qui pour fix vers m'as donné
    fix cens livres,
Que ne puis-je à ce prix te vendre tous
    mes Livres !

II.

QUELQUES flatteurs difant au Cardinal de Richelieu, à l'occafion d'un heureux fuccès, que rien ne pouvoit réfifter à fon Eminence, il leur répondit en riant : Vous vous trompez, & je trouve dans Paris même des perfonnes qui me réfiftent : Colletet, ajoûta-t-il, après avoir combattu hier avec moi fur un mot, ne fe rend pas encore, & voilà une grande Lettre qu'il vient de m'en écrire.

III.

CE Poëte époufa de fuite trois de fes fervantes ; les gages qu'il leur devoit leur tenoit lieu de dot. Claudine étoit la derniere fous le nom de laquelle il faifoit des Vers. Il mourut avant elle : mais peu de temps avant fa mort, pour couvrir la

chofe, il compofa fept vers fous le nom
de cette femme, par lefquels elle protef-
toit qu'après la mort de fon époux, elle
renonçoit à la Poéfie.

Le cœur gros de foupirs, les yeux noyés de
    larmes,
Plus trifte que la mort dont je fens les alarmes,
Jufques dans le tombeau je vous fuis, cher
    époux.
Comme je vous aimai d'une amour fans fe-
    conde,
Comme je vous louai d'un langage affez
    doux ;
Pour ne plus rien aimer, ni rien louer au
    monde,
J'enfevelis mon cœur & ma plume avec vous.

    LE Pere Vavaffeur, Jéfuite, a rendu
ainfi ces Vers en Latin :

Alto corde gemens, & fletibus humida largis,
    Triftior horribili, pallidiorque nece,
Ad miferum bone te conjux fequor ufque fepul-
    chrum,
    Et placet hîc noftram te quoque noffe fidem.
Tu mihi præcipuo femper dilectus amore,
    Tu mihi fat culto carmine dictus eras.

Quo neque amem quemquam posthac , nec laudi-
bus ornem ,
Condo lubens tumulo, cor, calamumque tuo.

IV.

L'ADMIRABLE tempérament que celui du complaisant M. Colletet, s'écrit
M. Chevrau ! nous ne l'avons jamais vu
en colere ; & en quelque état qu'on le
rencontrât, on eût jugé qu'il étoit content & aussi heureux que Sylla, qui se
vantoit de coucher toutes les nuits avec
la Fortune. Nous allions manger bien
souvent chez lui, à condition que chacun
y feroit porter son pain , son plat , avec
deux bouteilles de Champagne ou de
Bourgogne ; & par ce moyen, nous n'é-
tions pas à charge à notre hôte. Il ne
fournissoit qu'une vieille table de pierre,
sur laquelle Ronsard , Jodelle , Belleau,
Baïf, Amadis , Jamin , &c. avoient fait
en leur temps d'assez bon repas ; & comme le présent nous occupoit seul , l'ave-

I v

nir & le paſſé n'y entroient jamais en ligne de compte.

---

*JEAN MORIN, de l'Ora-
toire, né à Blois l'an 1591, mort
en 1659.*

I.

LE Pape Urbain VIII. ayant formé
le deſſein de réunir à l'Egliſe les
Grecs & les autres Orientaux Schiſma-
tiques, fit venir à Rome de toute l'Europe, des Théologiens capables de répondre à ſes vues. Le Pere Morin fut de
ce nombre ; mais à peine étoit-il arrivé,
que le Cardinal de Richelieu le fit rappeller en France. On dit que ce Miniſtre
qui avoit aimé cet Oratorien , témoigna
à M. Harlay de Sancy, Evêque de Saint-
Malo , qu'il étoit fâché de voir ce Savant ſi éloigné de lui. Le prélat qui étoit
ſon ami , lui écrivit auſſi-tôt de revenir,
parce que le Cardinal de Richelieu pen-

foit à l'élever à quelque dignité eccléfiaf-
tique. Le Pere Morin ayant reçu fa Lettre, partit fans délai, & arriva à Mar-
feille, fans en avoir reçu une feconde,
que M. de Sancy lui écrivit par ordre du
Cardinal, pour lui dire de ne point quitter Rome, où fa préfence étoit nécef-
faire. On crut alors que tout cela n'étoit
qu'un jeu du Cardinal, qui voulut fe
fervir du miniftere de M. de Sancy,
pour faire revenir en France le Pere Morin, qui fuivant ce qui lui avoit été rapporté, avoit parlé un peu librement de
lui dans quelques converfations particulieres.

I I.

LE Pere Morin fit imprimer, dit M.
Simon, une fatyre contre certains ufages
de la Congrégation de l'Oratoire, qu'il
fit diftribuer à ceux de fes Confreres qui
étoient affemblés à Orléans pour les affaires du Corps. C'eft un Libelle, con-

tinue M. Simon, à peu près semblable à celui que Mariana a composé contre la Société des Jésuites, & en particulier contre son Général Aquaviva. Ni l'un ni l'autre ne font honneur à leurs auteurs. Mariana, cependant, est plus excusable que le P. Morin : car le premier ne composa son ouvrage que pour son usage particulier, & avec de bonnes intentions ; au lieu que l'autre fit imprimer lui-même le sien.

III.

JE ne sais s'il faut croire ce que dit M. Simon, que le P. Morin avoit fait un recueil de tout ce qu'il avoit lu de mordant & d'injurieux dans les anciens Auteurs, pour s'en servir dans l'occasion ; & qu'il avoit une opiniâtreté si démesurée, que trois ans après la prise de la Rochelle, il soutenoit encore qu'elle n'avoit pas été prise, & que tous les bruits qui en avoient été publiés, n'étoient qu'un roman.

PAUL SCARRON, *né à Paris l'an 1610, mort en 1660.*

I.

VOICI le portrait que Scarron fait de lui - même. » Lecteur qui ne
» m'as jamais vu, & qui peut-être ne
» s'en foucie guere, à caufe qu'il n'y a
» pas beaucoup à profiter à la vue d'une
» perfonne faite comme moi, fache que
» je ne me foucierois pas auffi que tu me
» viffes, fi je n'avois appris que quel-
» ques beaux efprits factieux fe réjouiffent
» aux dépens du miférable, & me dé-
» peignent d'une autre façon que je ne
» fuis fait : les uns difent que je fuis cul-
» de-jatte ; les autres, que je n'ai point
» de cuiffes, & que l'on me met fur une
» table, dans un étui, où je caufe com-
» me une pie borgne ; & les autres que
» mon chapeau tient à une corde qui
» paffe dans une poulie, & que je le

» hausse & baisse pour saluer ceux qui
» me visitent. Je pense être obligé en
» conscience de les empêcher de mentir
» plus long-temps. J'ai trente ans passés ;
» si je vais jusqu'à quarante, j'ajouterai
» bien des maux à ceux que j'ai déjà
» soufferts depuis huit ou neuf ans. J'ai
» eu la taille bien faite, quoique pe-
» tite ; ma maladie la racourcie d'un
» bon pied. Ma tête est un peu grosse pour
» ma taille. J'ai le visage assez plein, pour
» avoir le corps décharné ; des cheveux
» assez pour ne point porter perruque.
» J'en ai beaucoup de blancs en dépit
» du Proverbe. J'ai la vue assez bonne
» quoique les yeux gros ; je les ai bleus.
» J'en ai un plus enfoncé que l'autre,
» du côté que je penche la tête. J'ai le
» nez d'assez bonne prise. Mes dents au-
» trefois perles quarrées, sont de cou-
» leur de bois, & seront bientôt de cou-
» leur d'ardoise. J'en ai perdu une &

» demie du côté gauche & deux & de-
» mie du côté droit, & deux un peu
» égrignées. Mes jambes & mes cuisses
» ont fait premiérement un angle obtus,
» & puis une angle égal, & enfin un
» aigu. Mes cuisses & mon corps en
» font un autre ; & ma tête se penchant
» sur mon estomac, je ne ressemble pas
» mal à un Z. J'ai les bras racourcis aussi
» bien que les jambes, & les doigts aussi
» bien que les bras. Enfin, je suis un ra-
» courci de la misere humaine. Voilà à
» peu près comme je suis fait. Puisque
» je suis en si beau chemin, je te vais
» apprendre quelque chose de mon hu-
» meur. J'ai toujours été un peu colere,
» un peu gourmand, & un peu paresseux.
» J'appelle souvent mon valet sot, & un
» peu après, Monsieur. Je ne hais per-
» sonne, Dieu veuille qu'on me traite
» de même. Je suis bien aise quand j'ai
» de l'argent, je serois encore plus aise

» fi j'avois de la fanté. Je me réjouis
» affez en compagnie ; je fuis affez con-
» tent quand je fuis feul , & je fupporte
» mes maux affez patiemment.

II.

QUELQU'UN étant chez Scarron, &
voyant qu'il appelloit un petit enfant fon
neveu , lui demanda par quel endroit il
lui étoit oncle , puifqu'il n'avoit que
deux fœurs, & qu'elles n'étoient pas ma-
riées. Il lui répondit qu'il étoit fon neveu
à la mode du Marais. Scarron logeoit
dans la rue des douze Portes au Marais.

III.

LA Reine mere de Louis XIV. lui
fit une penfion de quinze cens livres :
c'eft pour cela qu'il prenoit toujours la
qualité de Malade de la Reine.

IV.

SCARRON avoit fait donation à fes
parens du peu de bien qu'il avoit, mais
fes parens le lui rendirent, Il le vendit à

M. Nublé, qui lui en donna six mille écus, sans savoir précisément ce qu'il valoit ; & Scarron fut content du marché. Nublé alla voir ce bien qui étoit près d'Amboise ; & à son retour à Paris, étant allé voir Scarron, il lui dit : vous avez cru que votre bien ne valoit que dix-huit mille francs, il en vaut vingt-quatre, par l'estimation que j'en ai fait faire ; & M. Nublé l'obligea de prendre encore deux mille écus qu'il lui donna pour achever cette somme.

V.

SCARRON se maria en 1652. Il disoit de sa femme : je ne lui ferai point de sottise, mais je lui en apprendrai beaucoup. Quoique sans bien, il disoit encore qu'ils ne laissoient pas de vivre commodément avec son Marquisat de Quinet. C'est ainsi qu'il appelloit le revenu que lui apportoient les ouvrages que Toussaint Quinet imprimoit.

V I.

DANS fa dédicace de Dom Japhet
d'Arménie, Scarron parle ainfi au Roi:
» Je tâcherai de perfuader à votre Ma-
» jefté, qu'elle ne fe feroit pas grand
» tort, fi elle me faifoit un peu de bien:
» fi elle me faifoit un peu de bien, je
» ferai plus gai que je ne fuis, je ferois
» des Comédies enjouées: fi je faifois
» des Comédies enjouées, votre Ma-
» jefté en feroit divertie: fi elle en étoit
» divertie, fon argent ne feroit pas per-
» du. Tout cela conclut fi néceffaire-
» ment, qu'il me femble que j'en ferois
» perfuadé, fi j'étois auffi-bien un grand
» Roi, comme je ne fuis qu'un pauvre
» malheureux. »

V I I.

SCARRON étoit railleur; mais il ne
vouloit pas être raillé. Il ne le pardonna
jamais à Madaillan, qui lui joua la piece
que je vais vous dire. Madaillan écrivit

à Scarron fous le nom d'une Demoifelle, feignant qu'elle étoit charmée de fon efprit, & qu'elle n'auroit pas un plus grand plaifir que de le voir, mais qu'elle ne pouvoit fe réfoudre à aller chez lui. Après plufieurs Lettres, Madaillan, toujours fous le nom de la Demoifelle, feignit qu'elle lui donnoit un rendez-vous au Fauxbourg Saint Germain. Scarron ne manqua pas de s'y tranfporter du fond du Marais, où il demeuroit ; mais il ne s'y trouva perfonne. Il ne fut pas plutôt de retour chez lui, qu'il trouva un billet, par lequel la prétendue Demoifelle s'excufoit bien fort de ce qu'un obftacle qu'elle n'avoit pas prévu, l'avoit empêchée de tenir fa parole. Il eut deux ou trois autres rendez-vous, dont le fuccès ne fut pas plus heureux. A la fin, s'étant apperçu de la fourberie de Madaillan, il ne parloit jamais de lui qu'avec de groffes injures.

VIII.

SCARRON aimoit à lire ſes Ouvrages
à ſes amis, à meſure qu'il les compoſoit;
il appelloit cela *eſſayer ſes Livres.*

IX.

SCARRON dit que la plus ancienne de
toutes les plaintes, c'eſt celle des Poëtes ſur le malheur du temps & ſur l'in-
gratitude de leur ſiecle.

X.

SCARRON fut un jour ſurpris d'un hoquet ſi violent, que ceux qui étoient au.
près de lui craignirent qu'il n'expirât.
Cependant ce ſymptôme diminua. Le
fort du mal étant paſſé : *Si jamais,* dit-il,
*j'en reviens, je ferai une belle ſatyre con-
tre le hoquet.* Ses amis s'attendoient à
toute autre réſolution que celle-là : mais
il fut diſpenſé de tenir parole ; il ne re-
vint point de cette maladie, & le Public a
perdu la ſatyre qu'il ſe propoſoit de compoſer. Peu avant que de mourir, comme

ſes parens & ſes domeſtiques étoient touchés dé ſon état, & fondoient en larmes,
il ne s'attendrit point de ce ſpectacle,
comme mille autres feroient en pareil
cas : *Mes enfans*, leur dit-il, *vous ne
pleurerez jamais tant pour moi, que je
vous ai fait rire.* ·

XI.

LOUIS XIV. regrettantPoiſſonI.com-
me un très-grand Acteur : Oui, dit bruſquement Deſpréaux qui ſe trouva là par
haſard avec Racine, il jouoit très-bien
dans Dom Japhet, & telles autres Comédies de Scarron, oubliées même de
la Province. Comme cela s'étoit dit devant Madame de Maintenon, Racine
jugea en devoir avertir Deſpréaux, qui
répondit tout franchement : Hé, quel eſt
l'homme qui ne fait point de fautes !

XII.

DESPRÉAUX mépriſoit extrêmement
Scarron : Votre pere, dit-il un jour à M.

Racine le fils, avoit la foibleffe de lire quelquefois le Virgile Travefti & de rire; mais il fe cachoit bien de moi.

XIII.

BALZAC a dit de Scarron, qu'il avoit été plus loin dans fes maux que les Stoïciens, qui fe contentoient de paroître infenfibles dans les douleurs ; au lieu que Scarron étoit gai, & divertiffoit tout le monde dans fes fouffrances.

XIV.

SCARRON avoit fi fort mis le Burlefque à la mode, que les Libraires ne vouloient plus imprimer que des ouvrages de cette nature : d'où vient qu'en 1649, on imprima une piece mauvaife, mais férieufe pourtant, avec ce titre, qui fit juftement horreur à tous les hônnêtes gens : *la Paffion de Notre-Seigneur en Vers burlefques.*

MARC-ANTOINE GÉRARD DE SAINT-AMAND, né à Rouen l'an 1593, mort en 1661.

I.

SAINT-AMAND avoit fait un Poë-me, intitulé *Rome ridicule*. Petit en fit un autre, qui en étoit une imitation très-ingénieuse, & qu'il intitula, *Paris ridicule*. Ce Petit fut découvert affez fin-guliérement, pour l'Auteur de quelques Chanfons impies & libertines qui cou-roient dans Paris. Un jour qu'il étoit hors de chez lui, le vent enleva de deffus une table de fa chambre, quelques quarrés de papier, qui tomberent dans la rue. Un Prêtre, qui paffoit par-là, les ramaffa; & voyant que c'étoit des Vers impies, il va les remettre fur le champ entre les mains du Procureur du Roi. Au moyen des mefures qui furent prifes, Petit fut arrêté dans le moment qu'il rentroit, &

l'on trouva dans ſes papiers, les brouil-
lons des Chanſons qui courroient alors.
Malgré tout ce que purent faire des perſonnes du premier rang, que ſa jeuneſſe
intéreſſoit pour lui, il fut condamné à
être pendu & brûlé.

II.

MONSIEUR Broſſete dit que S. Amand
avoit fait un Poëme de la Lune, dans
lequel il louoit Louis XIV. ſur-tout de
ſavoir bien nager ; mais que ce Prince
ne put ſouffrir la lecture du Poëme, &
que l'auteur ne ſurvécut pas long-temps
à cet affront.

III.

MAYNARD fit l'Epigramme ſuivante,
contre Saint-Amand, Gentilhomme
verrier.

> Votre nobleſſe eſt mince ;
> Car ce n'eſt pas d'un Prince,
> Daphnis, que vous ſortez :
> Gentilhomme de verre,
> Si vous donnez à terre,
> Adieu les qualités.

IV.

IV.

ÉPIGRAMME de Gombault contre Saint-Amand.

Tes vers font beaux, quand tu les dis ;
Mais ce n'eft rien quand je les lis.
Tu ne peux pas toujours en dire,
Fais en donc que je puiffe lire.

CLAUDE QUILLET, né en *Touraine vers le commencement du feizieme fiecle, mort en 1661.*

I.

PENDANT que M. Laubarde-mont informoit de la poffeffion des Religieufes de Loudun, où il avoit été envoyé par la Cour, le diable menaça d'é-lever le lendemain jufqu'à la voûte de l'Eglife quelqu'incrédule, s'il s'en pré-fentoit. Quillet qui entendit cela, ne dit mot : mais le lendemain à l'heure prife, il fe préfenta dans l'Eglife ; & en préfence de Laubardemont & d'une grande affem-blée, il défia le diable de tenir parole,

& protefta qu'il fe moquoit de lui : de
forte, dit Sorbiere, que le pauvre diable fut penaut, & toute la diablerie fut
fort interdite. M. Laubardemont s'en
fcandalifa, & décréta contre Quillet,
qui voyant que toute la momerie n'étoit
qu'un jeu que le Cardinal de Richelieu
faifoit jouer pour faire périr Urbain
Grandier, jugea qu'il ne faifoit pas bon
pour lui à Loudun ni en France. Il en
fortit le plus promptement qu'il put, &
paffa en Italie.

II.

LA Callipédie de Quillet eft un bel
ouvrage. Quelque mécontentement qu'il
eût, fit qu'il y inféra des Vers contre le
Cardinal Mazarin. Ce Miniftre l'ayant
lu, fit avertir Quillet de lui venir parler :
mais au lieu de lui témoigner du reffen-
timent, il fe plaignit feulement avec
douceur de ce qu'il l'avoit fi peu ména-
gé dans ce Poëme. Vous favez, ajouta-

t-il, qu'il y a long-temps que je vous eſtime, & que ſi je ne vous ai pas fait du bien, c'eſt que des importuns m'obſedent & m'arrachent les graces; mais je vous promets que la premiere Abbaye qui vaquera, ſera pour vous. Quillet, touché de tant de bonté, ſe jetta aux genoux du Cardinal, lui demanda pardon, & promit de corriger ſon Poëme de telle ſorte, qu'il en ſeroit content, le ſuppliant dès-lors de vouloir bien ſouffrir qu'il le lui dédiât; ce que le Cardinal lui permit. En effet, il en fit faire une ſeconde édition, & le dédia au Cardinal, qui peu de temps auparavant lui avoit donné une Abbaye conſidérable.

GUILLAUME DE BREBEUF,
né en Baſſe-Normandie l'an 1618,
mort en 1661.

I.

BREBEUF, dans ſa jeuneſſe, n'avoit de l'inclination que pour Horace. Un de ſes amis, nommé Gautier, fort bel eſprit, n'avoit au contraire de l'attachement que pour Lucain, & le préféroit à tous les autres Poëtes. Cette préférence cauſoit ſouvent des diſputes entr'eux. Mais à la fin, fatigué de toujours diſputer, & de ne rien terminer, ils convinrent que chacun d'eux liroit le Poëte de ſon compagnon, l'examineroit & en jugeroit avec équité. La choſe fut faite comme elle avoit étoit réſolue; & il arriva que M. Gautier ayant lu Horace, en fut ſi charmé, qu'il ne le quitta plus depuis, & que Brebeuf ayant lu Lucain, s'y abandonna de ſorte, qu'enivré de fon génie, il devint auffi Lucain, que Lucain même, & encore plus dans la traduction qu'il nous en a donnée.

FRANÇOIS LE METEL DE BOIS-ROBERT, *né à Caën l'an 1592, mort en 1662.*

I.

BOIS-ROBERT étoit l'homme le plus agréable de fon temps, & une efpece de favori du Cardinal de Richelieu, qu'il délaffoit par des contes charmans. Quand ce Miniftre étoit malade, fon Médecin, M. Citois, avoit coutume de lui dire : Monfeigneur, nous ferons tout ce que nous pourrons pour votre fanté ; mais toutes nos drogues font inutiles, fi vous n'y mêlez un peu de Bois-Robert.

II.

BOIS-ROBERT étant tombé dans la

diſgrace du Cardinal, l'Académie Françoiſe qui lui devoit la protection de
cette Eminence, demanda ſon rappel:
elle fit plus, elle eut recours à M. Citois,
qui mit au bas de la premiere ordonnance
qu'il eut occaſion de faire à ſon malade,
recipe Bois-Robert, ce qui réuſſit.

III.

BOIS-ROBERT aimoit le jeu avec
paſſion, le Ménagiana nous a conſervé
une aventure remarquable qui lui arriva
à ce ſujet. Il perdit une fois dix mille écus
contre le Duc de Roquelaure. Ce Seigneur qui aimoit l'argent voulut être
payé, & ce fut Bautru qui fit l'accommodement. Bois-Robert vendit ce qu'il
avoit, dont il fit quatorze mille francs.
Bautru dit à Roquelaure en lui donnant
cette ſomme, qu'il falloit qu'il remît le
ſurplus, & que Bois-Robert en reconnoiſſance feroit une Ode à ſa louange,
mais la plus mauvaiſe qu'il pourroit.

Quand on faura dans le monde, ajoûta-
t'il, que le Duc de Roquelaure aura
fait préfent de feize mille francs pour une
fi méchante piece, que ne préfumera-
t-on pas qu'il eût fait pour une bonne ?

IV.

LE plaifir de la table étoit un vrai
plaifir pour Bois-Robert, & il penfoit
fouvent aux bons repas. Un jour qu'occupé apparemment de penfées femblables, il paffoit dans la rue *St. Anaftafe*
près d'un homme bleffé à mort, il s'entendit appeller pour le confeffer ; il s'approcha, & pour toute exhortation il lui
dit : Mon camarade, penfez à Dieu,
dites votre *Benedicite*, puis s'en alla.

V.

LE penchant que Bois-Robert avoit à
rendre fervice, & l'accès favorable qu'on
favoit qu'il avoit auprès du Cardinal de
Richelieu, faifoit qu'il étoit fouvent im-
portuné, fur-tout pour fa famille ; c'eft

ce qu'il marque dans une de ſes pieces de
Vers qu'il commence ainſi :

Melchiſédech étoit un heureux homme ;
Et ſon bonheur eſt l'objet de mes vœux,
Car il n'avoit ni freres ni neveux.

VI.

BOIS-ROBERT mangeoit quelquefois
chez M. le Cardinal de Retz , qui tenoit
table ouverte. Un jour pour y avoir une
place commode , il ſe tint en bas ; & à
meſure qu'il voyoit arriver quelqu'un
pour dîner , il diſoit *& ſeize;* voulant
faire connoître par-là qu'il y avoit quinze
perſonnes, & que celui qui arrivoit étoit
le ſeizieme. Ce fut de cette maniere
qu'il éloigna tous ceux qui ſe préſente-
rent. Le Cardinal venant pour ſe mettre
à table , fut fort étonné de voir ſi peu de
convives : alors , Bois-Robert lui raconta de quelle maniere il s'y étoit pris pour
les chaſſer , afin d'y avoir place ; & la
choſe paſſa en plaiſanterie.

VII.

APRÈS la mort de M. Servien, Sur-Intendant des Finances , Bois-Robert fit des Vers contre lui. Un de ses amis les ayant lus, lui demanda de quoi il s'étoit avisé de faire des Vers contre ce Ministre ? C'est , lui répondit Bois-Robert , parce qu'il est mort.

VIII.

UN Laquais de Despréaux revenant de chez Bois-Robert, lui apprit que sa goutte avoit redoublé : il jure donc bien , dit Despréaux. Hélas ! Monsieur , repartit le Laquais , il n'a plus que cette consolation-là !

IX.

BOIS-ROBERT se vantant un jour à des Dames, qu'il avoit eu des commandemens fort honorables en France ; Benserade qui étoit présent, faisant mine de vouloir assurer ce que Bois-Robert venoit de dire, prit la parole, & dit :

cela eſt très-véritable, Meſdames; Monſieur a eu des commandemens fort honorables en France ; tout Paris l'a vu commander pendant dix ans aux troupes du Marais & de l'Hôtel de Bourgogne. Bois-Robert étoit ſi ſouvent à cet Hôtel, que Ménage l'ayant appellé l'*Aumônier de l'Hôtel de Bourgogne*, le nom lui en reſta toujours depuis.

X.

On demanda un jour à Conrard, s'il croyoit l'Abbé de Bois-Robert bien dévot : je le crois, répondit Conrard, de l'humeur de ce bon Prélat, dont parle Taſſoni, qui au lieu de dire ſon Breviaire, jouoit des bénéfices au trictrac.

XI.

Conrard invitant Bois-Robert à publier ſes Poéſies, celui-ci lui repréſenta qu'elles pourroient bien n'avoir pas ſur le papier, tout l'agrément qu'il avoit l'art de leur donner quand il les récitoit.

En récitant des Vers, je fais merveilles ;
Je suis, Conrard, un grand dupeur d'oreilles.

BLAISE PASCAL,

né à Clermont en Auvergne l'an 1623 ;
mort en 1662.

I.

COMME Pascal durant les quatre dernieres années de sa vie se trouvoit à tous les Saluts, visitoit toutes les Eglises où on exposoit des Reliques, & avoit un Almanach spirituel qui l'instruisoit de tous les lieux où il y avoit des dévotions particulieres ; on a dit que la Religion rendoit les grands esprits capables de petites choses, & les petits esprits capables des grandes.

II.

QUELQU'UN a dit que la conduite, l'humilité, la mortification, la croyance de Pascal mortifioient plus les libertins que si l'on lâchoit sur eux une douzaine de Missionnaires.

III.

PASCAL difoit qu'il vaut beaucoup mieux s'attacher à faire fentir aux hommes la beauté & la majefté de la Religion, qu'à leur en démontrer féchement la vérité.

IV.

LE P. Daniel dans la réponfe qu'il a faite aux lettres Provinciales, s'exprime ainfi : Les gens fages fe font moqués des Editeurs de Pafcal, qui ont avancé qu'à l'âge de douze ans, fans avoir lu des livres de Géométrie, fans avoir eu des maîtres, fans y avoir pu donner que quelques heures de récréation, qu'on ne lui laiffoit pas apparemment paffer en folitaire, il étoit arrivé de fuite à la 32e. propofition d'Euclide. Un Jéfuite fe trouvant dans une affemblée, où l'on badinoit fort de cela, & où l'on fe moquoit de cette fable, dit froidement ; que les amis de Pafcal lui faifoient en cela tout

au plus juſtice, & qu'ils n'en diſoient pas
encore aſſez ; & comme on le preſſa de
s'expliquer ſur une choſe qu'on voyoit
bien qu'il ne diſoit pas fort ſérieuſement,
il ajouta qu'il lui ſembloit que c'étoit très-
peu de choſe que cette hyperbole, quelqu'outré qu'elle parût, pour reconnoître
l'obligation qu'ils lui avoient pour les
Provinciales dans leſquelles il en avoit
bien fait d'autres en leur faveur. Tout
le monde en demeura d'accord, & on
avoua qu'on ne pouvoit pas payer en
meilleur monnoie les ſervices que Paſ-
cal avoit rendus à ces Meſſieurs.

V.

LE Pere Petit Didier, Bénédiĉtin,
raconte que dans le temps que le Comte
de Buſſi étoit à la Baſtille, les Jéſuites
le prierent de répondre aux Provinciales, l'aſſurant de ſa grace & de quelque
choſe de plus. Il ouvrit l'oreille à cette
propoſition ; on lui fournit des Mémoi-

res, il fe mit à travailler, & déploya
toutes les forces de fon efprit pour faire
quelque chofe digne de fa réputation &
de fon fujet. Mais après quelques effais,
il abandonna l'entreprife, & avoua qu'il
étoit impoffible d'y réuffir.

V I.

PASCAL dit qu'il eft rare que les
grands Géometres foient fins, & que les
gens fins foient Géometres.

V I I.

UN jour qu'on parloit Littérature
chez le Préfident de Lamoignon, Defpréaux foutint les anciens à la réferve
d'un feul moderne qui furpaffoit à fon
gré les vieux & les nouveaux. Un Jéfuite lui demanda quel étoit donc ce livre fi
diftingué dans fon efprit; il ne voulut
pas le nommer. Corbinelli lui dit : Monfieur, je vous conjure de me le dire, afin
que je le life toute la nuit. Defpréaux lui
répondit en riant : Eh, Monfieur, vous

l'avez lu plus d'une fois! Le Jéfuite re-
prend & preffe Defpréaux de nommer
cet Auteur fi merveilleux, avec un air
dédaigneux. Defpréaux lui dit: Mon
Pere, ne me preffez point. Le Pere continue : enfin Defpréaux le prend par le
bras, & le ferrant bien fort, lui dit: *Eh
bien, vous le voulez, c'est Pafcal, morbleu. Pafcal!* dit le Pere tout étonné ;
*Pafcal est beau autant que le faux le peut
être. Le faux!* dit Defpréaux, *le faux!*
fachez qu'il eft auffi vrai qu'il eft inimitable. On vient de le traduire en trois
langues. Le P. répond, il n'eft pas plus
vrai pour cela.

VIII.

LE Pere Bouhours s'entretenant avec
Defpréaux fur la difficulté de bien écrire
en François, lui nommoit ceux de nos
Ecrivains qu'il regardoit comme fes mo-
deles pour la pureté de la langue. Defpréaux rejettoit tous ceux qu'il nom-

moit. Quel eſt donc ſelon vous, lui dît le P. Bouhours, l'Ecrivain parfait ? Mon Pere, reprit Deſpréaux, liſons les Lettres Provinciales, & croyez-moi, ne liſons pas d'autre Livre.

IX.

ON conſerve précieuſement dans la Bibliotheque de St. Germain-des-Prés, tous les papiers informes où on a trouvé les penſées de Paſchal. On a pris ſoin de les coller l'une à côté de l'autre dans un livre de papier blanc, fort proprement relié. Ce n'eſt pas le monument le moins reſpectable de Paris.

PIERRE DE MARCA,
né dans le Béarn l'an 1594, mort en 1662.

I.

MONSIEUR de Marca, ſi célebre par ſon Livre de la Concorde du Sacerdoce & de l'Empire, fut envoyé avant d'être Evêque, dans la Catalogne, qui s'étoit mise sous la protection de la France. Il étoit chargé de prendre connoissance des affaires de la Justice, de la Police, des Finances & même de l'Armée. Il s'y fit aimer d'une maniere qui a peu d'exemples, comme il parut par les prieres & les pélérinages qui se firent pour sa guérison, lorsqu'en 1644, il fut attaqué d'une maladie, qui le mit à l'extrêmité. La Ville de Barcelone entr'autres, fit un vœu public à Notre-Dame de Montserrat, qui en est éloignée d'une journée, & y envoya en son nom, douze Capucins nuds pieds, sans sandales, & douze jeunes filles aussi pieds nuds, les cheveux épars, & vêtues de longues robes blanches. M. de Marca fut persuadé que ces vœux & ces prieres avoient obtenu sa guérison, & il ne quitta point la Catalogne sans aller faire ses dévotions à Montserrat.

I I.

LE Cardinal de Retz, ayant donné
fa démiſſion de l'Archevêché de Paris en
1662, le Roi y nomma M. de Marca,
qui mourut trois jours après avoir reçu
fes Bulles, & avant d'avoir pris poſſeſ-
fion. Sa mort donna occaſion à cette Epitaphe badine :

> Ci gît l'illuſtre de Marca,
> Que le plus grand des Rois marqua,
> Pour le Prélat de fon Egliſe ;
> Mais la mort qui le remarqua,
> Et qui fe plaît à la furpriſe,
> Tout auſſi-tôt le démarqua.

GAUTIER DE COSTES
DE LA CALPRENEDE, né en
Périgord, mort en 1663.
I.

LA Calprenede fut Officier dans le
Régiment des Gardes ; on dit qu'é-
tant de ſervice, il montoit ſouvent dans
la ſalle de l'appartement de la Reine,

où il débitoit des histoires agréables,
qui attiroient du monde auprès de lui,
& que les femmes de la Reine, & même les Dames de la Cour, s'y arrêtoient
pour l'écouter. La Reine se plaignant un
jour à ses femmes de chambre, de ce
qu'elles ne se rendoient pas exactement
à leur devoir, elles lui répondirent qu'il
y avoit dans la premiere salle de son appartement, un jeune homme qui contoit les histoires du monde les plus amu-
santes, & qu'on ne pouvoit s'empêcher
de l'écouter : cela donna à la Reine, la
curiosité de le voir, & elle en fut si contente, qu'elle lui donna une pension.

II.

LA Calprenede n'étant que Cadet
dans le Régiment des Gardes, composa
son *Silvandre* : de l'argent qu'il en eut, il
s'habilla d'une maniere bizarre ; & comme on lui demanda le nom de son étoffe,
il répondit que c'étoit du *Silvandre*.

III.

La Tragédie de Mithridate, fut repréfentée la première fois le jour des Rois, ce qui donna lieu à une plaifanterie. A la fin de la piéce, Mithridate prend une coupe empoifonnée, & après avoir délibéré quelque temps, il dit en avalant le poifon :

Mais c'eft trop différer.

Un plaifant du Parterre, acheva ainfi le Vers,

Le Roi boit, le Roi boit.

I V.

Le Cardinal de Richelieu s'étant fait lire une Tragédie de la Calprenede, dit que la piece étoit bonne, mais que les Vers étoient lâches. Cette réponfe fut rapporté à l'Auteur, qui répliqua par cette faillie vraiment gafconne : *comment lâches ! dit-il, cadedis, il n'y a rien de lâche dans la maifon de la Calprenede.*

V.

Une Dame Efpagnole, lifoit dans

Cléopatre, une longue & tendre conversation, entre un amant & une aman-
te: *que d'esprit mal employé*, dit-elle,
ils étoient ensemble, & *ils étoient seuls!*

_____

NICOLAS PERROT

D'ABLANCOURT, né à Châlons-sur-
Marne l'an 1606, mort en 1664.

I.

LES Traductions de M. d'Ablancourt furent reçues avec un applaudissement universel, & M. Vaugelas les
trouva si belles, qu'il refit tout son Quinte-Curse sur ce modele, quittant enfin
le style de M. Coeffeteau, qu'il avoit ad-
miré pour suivre celui de M. d'Ablancourt. C'est cet homme illustre & si savant en notre langue, qui a lui-même
rendu ce témoignage ; ayant écrit de sa
main sur son manuscrit, qu'il avoit ré-
formé & corrigé son ouvrage sur l'Arrian
de M. d'Ablancourt, qui pour le style

hiſtorique, n'a perſonne à ſon avis qui le ſurpaſſe; tant il eſt clair & débarraſſé, élégant & court.

II.

D'ABLANCOURT ne voulut jamais travailler de lui-même, & ſe borna à faire des traductions. Quand on lui en parloit, il diſoit qu'il n'étoit ni Prédicateur ni Avocat pour faire ou des Plaidoyers ou des Sermons; que le monde étoit plein de livres de politique, que tous les diſcours de morale n'étoient que des redites de Plutarque & de Séneque; & que pour ſervir ſa patrie, il valoit mieux traduire de bons Livres que d'en faire de nouveaux, qui le plus ſouvent ne diſoient rien de neuf.

III.

D'ABLANCOURT n'avoit dans les commencemens d'autre conſeil que M. Patru : depuis qu'il connut M. Conrard & M. Chapelain, il prenoit auſſi leurs

avis ; mais fur-tout de M. Conrard, avec
lequel il revoyoit tous fes ouvrages, &
d'autant plus volontiers, que ne fachant ni Grec ni Latin, il lui donnoit
moins de peine. Car lorfqu'il venoit à
Paris pour faire imprimer, il étoit toujours preffé de s'en retourner ; & par cette raifon quand on lui faifoit des difficultés, il s'en défendoit avec beaucoup de
chaleur & comme en colere, parçe que
les difficultés lui donnoient à travailler,
& reculoient par conféquent fon retour ;
& cette humeur le gagna fi fort, que fur
la fin de fes jours, & dans fa derniere
traduction, il ne confultoit ou du moins
ne croyoit plus perfonne. Ce n'étoit en
lui ni préfomption ni vanité, ce n'étoit
que promptitude, & une envie précipitée de fe décharger de fon fardeau ; car
du refte quand fon livre étoit imprimé,
il recevoit librement tous les avis qu'on
lui donnoit, & preffoit même fes amis

de lui en donner, pour s'en fervir à la
feconde édition.

IV.

DE tous les Ecrivains de fon temps,
d'Ablancourt fut jugé le plus propre à
écrire l'hiftoire du Roi. Il accepta la propofition qui lui en fut faite par l'ordre de
M. Colbert, avec une penfion de mille
écus. Il alloit venir à Paris & s'y établir
pour être à portée de recevoir les inftruc-
tions dont il auroit befoin. Mais M. Colbert, lorfqu'il en rendit compte au Roi,
ayant dit à Sa Majefté que d'Ablancourt
étoit Proteftant, tout fut rompu. Je ne
veux point, dit le Roi, d'un hiftorien
qui foit d'une autre Religion que moi;
ajoutant néanmoins qu'à l'égard de fa
penfion, puifque cet Ecrivain avoit du
mérite d'ailleurs, il entendoit qu'elle lui
fut payée.

V.

D'ABLANCOURT étoit fils d'un homme

me qui en ſa vie avoit fait cent mille vers. Cependant, il n'en a jamais pu faire deux de ſuite, quoiqu'il eût, comme il diſoit, le feu de trois Poëtes.

V I.

D'ABLANCOURT avoit un Laquais, nommé Baſſan qui vivoit avec lui dans une extrême familiarité. Il jouoit un jour & perdoit ſon argent. Baſſan qui voyoit ce qui ſe paſſoit, le tire par le manteau & lui dit à l'oreille : Morbleu, vous perdez tout notre argent, & puis tantôt vous me viendrez battre. Il n'y eut perte qui tînt, il fallut rire, & Baſſan fit tout l'entretien & tout le divertiſſe-ment du ſouper.

Epitaphe de M. d'Ablancourt.

L'illuſtre d'Ablancourt, repoſe en ce tombeau :
Son génie à ſon ſiecle a ſervi de flambeau ;
Dans ſes fameux écrits, toute la France admire.

Des Grecs & des Romains, les précieux tré-
sors.

A son trépas on ne peut dire,
Qui perd le plus des vivans ou des morts.

GUILLAUME BAUTRU,
né à Paris l'an 1588, mort en 1665.

I.

MONSIEUR de Bautru, l'homme le plus célebre de son temps par l'agrément de son esprit, étoit de l'Académie Françoise quoiqu'il n'eût rien écrit. Comme il avoit la réputation de dire rarement la vérité, Marigni disoit de lui qu'il étoit né d'une fausse couche, qu'il avoit été baptisé avec du faux sel, qu'il ne logeoit jamais que dans des Faux-bourgs, qu'il passoit toujours par de fausses portes, qu'il cherchoit toujours les faux-fuyans, & qu'il ne chantoit jamais qu'en faux-bourdon.

II.

MONSIEUR de Bautru, pour savoir si un homme donnoit à manger, demandoit : *le voit-on à midi ?*

III.

BAUTRU n'aimoit pas Langeli, parce que ce dernier se faisoit toujours un plaisir de le railler. Un jour que Langeli étoit dans une compagnie, où il y avoit quelque temps qu'il faisoit le fou, M. de Bautru vint à entrer ; si-tôt que Langeli l'eut apperçu, il lui dit : vous venez bien à propos, Monsieur, pour me seconder, je me lassois d'être seul.

IV.

MONSIEUR de Bautru considérant un jour au dessus d'une cheminée, la Justice & la Paix en sculpture, qui se baisoient : *Voyez-vous*, dit-il, en s'adressant à un ami avec qui il étoit ; *elles s'embrassent, elles se baisent, elles se disent adieu, pour ne se voir jamais.*

V.

MÉNAGE ayant été abandonné de tous ses amis, dans une occasion important tante, soutint dans une compagnie, qu'il n'y avoit point d'honnêtes gens. Quelques jours après, un Laquais vint dire à Bautru, qu'un honnête homme demandoit à lui parler : *comment, coquin, un honnête homme*, dit M. Bautru, en lui donnant un coup de canne sur la tête, *qui t'a dit que c'est un honnête homme? M. Ménage, qui est si savant, dit qu'il n'en connoît point, & toi tu prétends en connoître?*

V I.

LE Duc d'Orléans se promenoit au Luxembourg, par une chaleur excessive. Bautru qui en étoit incommodé, & qui étoit découvert, s'avisa de dire, que les Princes n'aimoient personne; le Prince prit aussi-tôt la parole, pour dire que ce reproche ne pouvoit pas le regarder, &

qu'il aimoit fort ses amis. Si votre Altesse
ne les aime bouillis, reprit Bautru, elles
les aime au moins bien rôtis.

VII.

BAUTRU disoit d'un certain Seigneur,
qu'il étoit le Plutarque des faquins, parce qu'il n'entretenoit les gens que de
contes bas.

VIII.

Un Poëte avoit envie de faire imprimer un Poëme qu'il avoit composé. Bautru, à qui il en demanda son sentiment,
lui dit que l'ouvrage étoit long. Vous
me feriez plaisir, reprit le Poëte, de me
dire ce qu'il faudroit faire à cela, en
retrancher la moitié, répliqua Bautru,
& supprimer l'autre.

IX.

MONSIEUR de Bautru disoit qu'il ne
falloit pas s'abandonner aux plaisirs,
qu'il ne falloit que les côtoyer.

X.

MONSIEUR de Bautru ayant été envoyé en Efpagne, alla à l'Efcurial où il vit la Bibliotheque ; & par une conférence qu'il eut avec le Bibliothécaire, il connut que ce n'étoit pas un habile homme : Enfuite il vit le Roi qu'il l'entretint des beautés de cette Maifon Royale, & du choix qu'il avoit fait de fon Bibliothécaire : il lui dit qu'il avoit remarqué que c'étoit un homme rare, & que Sa Majefté pouvoit le faire Sur-Intendant de fes Finances : Pourquoi, lui dit le Roi? Sire, ajouta-t-il, c'eft que comme il n'a rien pris dans vos Livres, il ne prendra rien dans vos Finances.

X I.

QUELQU'UN étant allé voir Bautru dans le temps qu'il avoit la goutte, le trouva à table mangeant du jambon : Que faites-vous là ? lui dit fon ami ; ne favez-vous pas que le jambon eft con-

traire à la goutte ? Cela eſt vrai , lui répondit froidement Bautru , il eſt contraire à la goutte , mais il eſt bon pour le
goutteux.

XII.

GOMEZ étoit un Poëte fort pauvre.
Il ſe trouva un jour par haſard dans le
Cabinet du Roi ; ſitôt que M. Bautru
l'eut apperçu , il s'écria : Comment ce
miſérable a-t'il pu paſſer par tant de portes fermées & gardées par des Suiſſes &
des Huiſſiers , pour entrer en ce lieu , lui
qui depuis dix ans n'a pu ſortir de l'Hôpital , quoique les portes en ſoient toujours ouvertes.

XIII.

L'ABBÉ de la Riviere étoit allé à Rome pour tâcher d'être Cardinal , & en
étoit revenu ſans rien faire ; comme il
avoit un fort gros rhume , Bautru dit ,
c'eſt qu'il eſt revenu ſans chapeau.

XIV.

UN Préfident de Bordeaux, homme très-ennuyeux, alla voir un jour M. de Bautru. Le Laquais lui ayant dit que fon maître y étoit, l'alla auffi-tôt avertir de cette vifite : Comment, dit Bautru, tu as dit à cet importun que j'y étoit, va lui dire que je fuis malade. Le Laquais s'acquitta de fa commiffion. Je veux lui tâter le poux pour voir la force de fon mal, repartit le Préfident. Le Laquais effrayé vint apprendre à Bautru le mauvais fuccès de fon artifice. Eh bien, lui dit fon maître, va lui dire que je fuis mort. Le Domeftique porta en tremblant cette trifte nouvelle au Préfident, qui tout affligé de cette nouvelle, s'obftina à voir Bautru pour lui donner de l'eau benite. Celui-ci eut à peine le loifir de fe jetter dans un lit, & de s'envelopper d'un drap, où il joua le perfonnage d'un mort très-naturellement. Le Préfident, après avoir fait plusieurs exclamations, fit au pied du lit sa priere qui dura près d'une heure ; il alla enfin s'emparer d'un grand bénitier qu'il apperçut dans la ruelle, & il le versa jusqu'à la derniere goutte sur le Comédien de la mort: il s'en alla ensuite.

X V.

LA Reine avoit souvent demandé inutilement à voir Madame de Bautru. Son mari consentit un jour à la mener à la Cour, après avoir averti qu'elle étoit fort sourde, & lui avoir dit d'un autre côté que la Reine avoit de la peine à entendre. La Reine commença la scene en criant à pleine tête , & M^de de Bautru continuoit sur le même ton. Le Roy qui avoit été averti par Bautru du mystere, rioit de tout son cœur. A la fin la Reine qui s'en apperçut, dit à Madame de Bautru : N'est-il pas vrai, Madame, que Bautru vous a fait croire que j'étois sourde? Ce que Madame Bautru lui avoua, Ah, le méchant, continua la Reine, il m'avoit dit la même chofe de vous !

XVI.

MONSIEUR de Bautru fut bâtonné publiquement par l'ordre du Duc d'E-pernon, fur lequel il avoit plaifanté. Desbarreaux voyant quelque temps après M. de Bautru avec un bâton, s'écria : M. de Bautru porte fon bâton, comme S. Laurent fon gril, pour nous faire fouve-nir de fon martyre.

XVII.

LOUIS XIII. à la porte d'une petite ville, écoutoit impatiemment une ha-rangue ennuyeufe. Bautru crut qu'il fe-roit plaifir au Roy d'interrompre l'Ora-teur : Monfieur, lui demanda-t-il, les ânes dans votre pays, de quel prix font-ils ? L'Orateur s'arrêta, & après avoir regardé Bautru depuis les pieds jufqu'à la tête : quand ils font, lui repondit-il,

de votre poil & de votre taille, ils valent dix écus ; & il reprit le fil de sa harangue.

XVIII.

AMELOT rapporte que dans le temps
qu'on l'assommoit, Bautru s'écria : Ah !
Messieurs, la vie, la vie. Trois mois
après un de ces gens de main rencontrant Bautru dans l'Eglise de Notre-Dame, il lui dit par moquerie, ah Messieurs,
la vie, la vie ! Bautru, au lieu de se fâcher, répondit plaisamment : je n'ai jamais vu d'écho pareille à celui-ci, qui
répete ce qu'on dit trois mois après.

XIX.

BAUTRU disoit que le cabaret étoit
un lieu où l'on vendoit la folie par bouteille.

XX.

BAUTRU dit au Sur-Intendant des
Finances Desmery, en lui présentant un
Poëte : Voilà un homme qui vous don-

nera l'immortalité; mais il faut que vous lui donniez de quoi vivre. Monſieur, lui répondit Deſmery, louer un Sur-Inten-dant des Finances, c'eſt provoquer le peuple à ſe déchaîner contre lui ; c'eſt réveiller le chat qui dort. Si le Poëte que vous m'amenez avoit le ſecret de fai-re taire le peuple durant ma vie ſeule-ment, je lui donnerois de quoi vivre bien à ſon aiſe. Puis, adreſſant la parole au Poëte : Monſieur, lui dit-il , je vous ſe-rai plaiſir en tout ce que je pourrai, mais à la charge que votre muſe ſera muette pour moi; les Sur-Intendans ne ſont faits que pour être maudits.

XXI.

LES quatre diſeurs de bons mots du regne de Louis XIII. étoient Engevin, le Prince de Guimené , Bautru, le Com-te de Lude, & le Marquis de Jarzet.

JEAN OGIER DE GOMBAULD,

né en Xaintonge sur la fin du seizieme siecle, mort en 1666.

I.

GOMBAULD étoit né cadet d'un quatrieme mariage. Il avoit coutume de le dire lui-même en badinant, pour s'excuser de ce qu'il n'étoit pas riche.

II.

IL présenta un jour au Cardinal de Richelieu des vers de sa composition. Le Cardinal en les lisant, dit : voilà des choses que je n'entends pas. Il répondit aussi-tôt : ce n'est pas ma faute : à quoi cette Eminence voulut bien ne pas prendre garde.

III.

UNE mere affligée de la mort de son fils unique, pria Gombauld de lui faire une Epitaphe. Il lui fit celle-ci :

Colas eſt mort dē maladie ;
Tu veux que j'en pleure le ſort.
Que diable veux-tu que j'en die :
Colas vivoit, Colas eſt mort.

I V.

DANS les mémoires que Gombauld fournit pour former les ſtatuts de l'Académie Françoiſe , il propoſoit que chacun des Académiciens fût tenu de compoſer tous les ans , une piece petite ou grande à la louange de Dieu : & M. Sirmond vouloit que tous les ans les Académiciens fuſſent obligés par ſerment à employer les mots approuvés par la pluralité des voix de l'aſſemblée. De ſorte , que ſi cette loi eut été reçue , quelque averſion qu'on eut pu avoir pour un mot , il eut fallut néceſſairement s'en ſervir , & qui 'en eut uſé d'autre ſorte , auroit commis , non pas une faute , mais un péché. Ces deux idées ne furent pas ſuivies.

GEORGE SCUDÉRI,
né au Havre de Grace l'an 1603, mort en 1667.

I.

SCUDÉRI difoit ordinairement pour s'excufer de la vîteffe avec laquelle il travailloit, *qu'il avoit ordre de finir*. On peut le comparer à Magnon, dont il eft parlé dans Defpréaux, & qui avoit entrepris un Poëme intitulé *l'Encyclopédie*, qui devoit être d'environ trois cens mille vers. On lui demanda un jour quand fon Poëme feroit achevé : *Il fera bientôt fait*, dit-il, *je n'ai plus que cent mille vers à faire*, & il le difoit fort férieufement.

II.

SCUDÉRI étoit généreux, quoique pauvre. L'aventure qui lui arriva à l'occafion de fon Poëme d'*Alaric*, en eft la preuve. Voici comme Chevreau la rapporte. La Reine Chriſtine m'a dit cent fois qu'elle réſervoit à M. Scudéri pour la dédicace qu'il lui feroit de ſon *Alaric*, une chaîne d'or de mille piſtoles. Mais comme le Comte de la Gardie, dont il eſt parlé fort avantageuſement dans ce Poëme, eſſuya la diſgrace de la Reine qui ſouhaitoit que le nom du Comte fût ôté de cet ouvrage, & que je l'en informai ; il me repondit que quand la chaîne d'or feroit auſſi groſſe & auſſi peſante que cel- le dont il eſt fait mention dans l'hiſtoire des Incas, il ne détruiroit jamais l'autel où il avoit ſacrifié. Cette fierté héroïque déplut à la Reine, qui changea d'avis ; & le Comte de la Gardie obligé de re- connoître la généroſité de M. Scudéri, ne lui en fit pas même un remerciment.

III.

CE qu'on lit dans le voyage de Ba- chaumont & de Chapelle ſur le Gouver- nement de *Notre-Dame de la Garde* en

Provence , qu'avoit M. de Scudéri , est
trop singulier pour ne pas trouver ici sa
place. Une fine & maligne raillerie y
regne comme dans tout le reste de ce
Voyage. Après avoir dit que quelque-
unes des précieuses de Montpellier
croyoient M. Scudéri ,

> Un homme de fort bonne-mine,
> Vaillant , riche , & toujours bien mis ;
> Sa sœur une beauté divine ,
> Et Pélisson un Adonis ,

On ajoute plus bas :

> Mais il faut vous parler du Fort,
> Qui sans doute est une merveille ;
> C'est Notre-Dame de la Garde ,
> Gouvernement commode & beau,
> A qui suffit pour toute garde
> Un suisse avec sa hallebarde ,
> Peint sur la porte du Château.

» Ce Fort est sur le sommet d'un ro-
» cher presque inaccessible , & si haut
» élevé , que s'il commandoit à tout ce
» qu'il voit au dessous de lui , la plupart

» du genre humain ne vivroit que fous
» fon plaifir.

> Auffi voyons-nous que nos Rois,
> En connoiffant bien l'importance,
> Pour le confier, ont fait choix,
> Toujours de gens de conféquence ;
> De gens pour qui dans les alarmes
> Le danger auroit eu des charmes,
> De gens prêts à tout hafarder,
> Qu'on eut vu long-temps commander,
> Et dont le poil poudreux eut blanchi
> fous les armes.

» U N E defcription magnifique qu'on
» a fait autrefois de cette place, nous
» donna la curiofité de l'aller voir. Nous
» grimpâmes plus d'une heure avant que
» d'arriver à l'extrêmité de cette mon-
» tagne, où l'on eft bien furpris de ne
» trouver qu'une méchante mazure trem-
» blante, prête à tomber au premier vent.
» Nous frappâmes à la porte, mais dou-
» cement, de peur de la jetter par terre,
» & après avoir heurté long-temps, fans
» entendre même un chien aboyer dans

la cour.

> Des gens qui travailloient là proche,
> Nous dirent : Messieurs, là dedans
> On entre plus depuis long-temps ;
> Le Gouverneur de cette roche,
> Retournant en Cour par le coche,
> A depuis environ quinze ans
> Emporté la clef dans sa poche.

» La naïveté de ces bonnes gens nous
» fit bien rire, sur-tout quand ils nous
» firent remarquer un écriteau que nous
» lûmes avec assez de peine ; car le temps
» l'avoit presque effacé.

> Portion de Gouvernement,
> A louer tout présentement.

Plus bas en petit caractere ;

> Il faut s'adresser à Paris,
> Ou chez Conrard le Secretaire,
> Ou chez Courbé l'homme d'affaire,
> De tous Messieurs les beaux esprits.

I V.

SCUDÉRI avoit beaucoup voyagé &
se piquoit fort de noblesse. Voici comme
il s'en explique dans une préface : » Tu

» couleras aifement dit-il au Lecteur,
» par-deffus les fautes que je n'ai point
» remarquées, fi tu daignes apprendre
» qu'on m'a vu employer la plus longue
» partie de l'âge que j'ai à voir la plus
» belle & la plus grande partie de l'Eu-
» rope, & que j'ai paffé plus d'années
» dans les armes, que d'heure dans mon
» cabinet, & beaucoup plus ufé de meche
» en arquebufe, qu'en chandelle: de forte
» que je fais mieux ranger les foldats
» que les paroles, & mieux quarrer les
» bataillons que les périodes. »

V.

DANS l'épitre dédicatoire d'une de
fes-pieces au Duc de Montmorency, il
dit: *Je veux apprendre à écrire de la main
gauche, afin que la droite s'emploie à vous
fervir plus noblement.* Et dans une autre
il dit: *qu'il eft forti d'une maifon où l'on
n'a jamais eu de plumes qu'au chapeau.*

DENIS DE SALLO,

né à Paris l'an 1626, mort en 1669.

I.

MONSIEUR de Sallo eſt le premier qui ait imaginé les Journaux
qui ſe font ſi fort multipliés depuis lui. Il
commença le Journal des Savans en 1664.
En 1662 il lui étoit arrivé une aventure
qui lui fait trop d'honneur pour n'être pas
rapportée au long. Il y eut cette année une
longue & cruelle famine à Paris. Un ſoir
des grands jours d'Eté que M. de Sallo venoit de ſe promener ſuivi ſeulement d'un
petit Laquais, un homme l'aborda, lui
préſenta un piſtolet, & lui demanda la
bourſe, mais en tremblant, & en homme qui n'étoit pas expert dans le métier
qu'il faiſoit. Vous vous adreſſez mal, lui
dit M. de Sallo, & je ne vous ferai guere
riche ; je n'ai que trois piſtoles que je
vous donne fort volontiers. Il les prit, &

s'en alla fans rien lui demander davanta:
ge. Suis adroitement cet homme là, dit
M. de Sallo à fon Laquais, obferve le
mieux qu'il te fera poffible où il fe retirera
& ne manque pas de venir me le dire. Il
fit ce que fon maître lui commanda, fuivi
le voleur dans trois ou quatre petites rues,
& le vit entrer chez un Boulanger où il
acheta un pain de fept à huit livres, &
changea une des piftoles qu'il avoit. A
dix ou douze maifons de-là il entra dans
une allée, monta au quatrieme étage,
& en arrivant chez lui, où l'on ne voyoit
clair qu'à la faveur de la Lune, jetta fon
pain au milieu de la chambre, & dit en
pleurant à fa femme & à fes enfans:
Mangez, voilà un pain qui me coute
cher, raffaffiez-vous-en, & ne me tour-
mentez plus comme vous faites; un de
ces jours je ferai pendu, & vous en ferez
la caufe. Sa femme qui pleuroit auffi,
l'ayant appaifé le mieux qu'elle put ramaf-

fa le pain & en donna à quatre pauvres enfans qui languiſſoient de faim. Le Laquais vint faire à ſon maître un rapport de ce qu'il avoit vu & entendu. Le lendemain dès cinq heures du matin, M. de Sallo ſe fit conduire par ſon Laquais chez cet homme. Il s'informa dans le voiſinage ce qu'il étoit. On lui dit que c'étoit un Cordonnier bon homme & bien ſerviable, mais chargé d'une groſſe famille & très-pauvre. Il monta enſuite chez-lui & heurta à ſa porte. Le malheureux la lui ayant ouverte, le reconnut pour celui qu'il avoit volé le jour précédent: il ſe jetta auſſi-tôt à ſes pieds, lui demanda pardon, & le ſupplia de ne le pas perdre. Ne faites pas de bruit, lui dit M. de Sallo, je ne viens pas ici dans ce deſſein-là. Vous faites, lui dit-il, un méchant métier, & pour peu que vous le faſſiez encore, il pourra vous perdre. Tenez, voilà trente piſtoles que je vous donne.

Achetez du cuir, travaillez à gagner la vie à vos enfans, & fur-tout ne leur donnez pas d'exemple auffi mauvais que celui que vous avez fuivi.

II.

On lit dans Vigneul-Marville que M. de Sallo mourut d'une maladie à laquelle les enfans des Mufes ne font guere fujets, & pour laquelle il n'y a point de remedes dans Hypocrate ni dans Galien; ou pour parler plus clairement, ajoute cet Auteur, il mourut du déplaifir d'avoir perdu cent mille écus, c'eft-à-dire, tout fon bien au jeu.

HONORAT DE BUEIL,
Marquis de Racan, né en Touraine l'an 1589, mort en 1670.

I.

SI l'on en croit Coftar, Racan avoit tant d'incapacité pour la langue Latine, qu'il n'avoit jamais pu apprendre

fon

fon *Confiteor*, & qu'il étoit obligé de le lire lorfqu'il alloit à confeffe.

I I.

MALHERBE difoit que Maynard étoit de tous fes difciples celui qui faifoit les meilleurs vers, mais qu'il n'avoit point de force; que Racan avoit de la force, mais qu'il ne travailloit pas affez fes vers; & que de Maynard & de Racan, on feroit un grand Poëte.

I I I.

DEUX amis de M. de Racan furent qu'il avoit rendez-vous pour voir Mademoifelle de Gournay. Elle étoit de Gafcogne, fort vive, & un peu emporté de fon naturel: au refte bel efprit, & comme telle elle avoit témoigné en arrivant à Paris une grande impatience de voir M. de Racan qu'elle ne connoiffoit pas encore de vue. Un de ces Meffieurs prévint d'une heure ou deux celle du rendez-vous, & fit dire que c'étoit

M. de Racan qui demandoit à voir Mademoiselle de Gournay : Dieu sait comme il fut reçu. Il parla fort à Mademoiselle de Gournay des ouvrages qu'elle avoit fait imprimer, & qu'il avoit étudiés exprès. Enfin après un quart d'heure de conversation, il sortit & laissa Mademoiselle de Gournay fort satisfaite d'avoir vu M. de Racan. A peine étoit-il à trois pas de chez elle que l'on vint annoncer un autre M. de Racan ; elle crut d'abord que c'étoit le premier qui avoit oublié quelque chose à lui dire ; elle se préparoit à lui faire un compliment là dessus, lorsque l'autre entra & fit le sien. Mademoiselle de Gournay ne put s'empêcher de lui demander plusieurs fois s'il étoit véritablement M. de Racan ; & lui raconta ce qui venoit de se passer. Le prétendu Racan fit fort le fâché de la piece qu'on venoit de lui jouer, & jura qu'il s'en vengeroit. Bref, Mademoiselle de

Gournay fut encore plus contente de celui-ci qu'elle ne l'avoit été du premier,
parce qu'il la loua davantage. Enfin il
paſſa chez elle pour le véritable Racan,
& l'autre pour un Racan de contrebande.
Il ne faiſoit que de ſortir, lorſque M. de
Racan en original demanda à parler à
Mademoiſelle de Gournay. Si-tôt qu'elle
le ſut, elle perdit patience. Quoi, encore des Racans, dit-elle ? néanmoins on
le fit entrer. Mademoiſelle de Gournay
le prit ſur un ton fort haut, & lui demanda s'il venoit pour l'inſulter. Racan qui
n'étoit pas ferré parleur, & qui s'attendoit à une autre réception, en fut ſi étonné qu'il ne put répondre qu'en balbu-
tiant. Mademoiſelle de Gournay qui
étoit violente, & qui croyoit que c'étoit
un homme envoyé pour la jouer, défai-
ſant ſa pantoufle, le chargea à grands
coups de mule, & l'obligea de ſe ſauver.
J'ai vu jouer cette ſcene par Bois-Robert

en préfence du Marquis de Racan, dit
Ménage; & quand on lui demandoit fi
cela étoit vrai : oui-dà, difoit-il, il en eft
quelque chofe.

I V.

RACAN difoit à Malherbe, que Théophile qui étoit en prifon , accufé de plufieurs crimes, ne lui paroiffoit coupable
que d'un feul ; c'étoit d'avoir fait fort
mal le métier de Poëte dont il fe mêloit.
S'il meurt pour cela , répartit Malherbe,
vous ne devez pas avoir peur ; car on ne
vous prendra pas affurément pour un de
fes complices.

V.

ON traduifit une fois pour Racan, qui
n'entendoit pas le Grec , quelques Epigrammes de l'Anthologie. Il les trouva
fi fades & d'un goût fi plat, que dînant
le lendemain à la table d'un Prince, où
l'on fervit devant lui un potage qui ne
fentoit que l'eau, il fe tourna vers un de

fes amis qui avoit vu ces Epigrammes:
voilà, lui dit-il, *un vrai potage à la
Grecque.*

V. I.

MADAME Desloges, célebre par fon
efprit & par fon zele pour le Calvinifme,
avoit prêté à Racan le Livre du Miniftre
Dumoulin, intitulé le *Bouclier de la Foi*,
& l'avoit obligé de le lire. Racan, après
l'avoir lu, fit fur ce Livre l'Epigramme
fuivante.

> Bien que Dumoulin en fon Livre,
> Semble n'avoir rien ignoré ;
> Le meilleur eft toujours de fuivre
> Le Prône de notre Curé ;
> Toutes les Doctrines nouvelles
> Ne plaifent qu'aux folles cervelles :
> Pour moi, comme une humble brebis,
> Je vais-où mon Pafteur me range ;
> Et n'ai jamais aimé le change,
> Que des femmes & des habits.

VII.

MALHERBE ayant trouvé cette Epi-

gramme plaifante, l'écrivit lui-même
fur le Livre, & l'envoya à Madame
Defloges de la part de Racan; la Dame
fit répondre à Malherbe, qu'elle crut
Auteur des vers, par Gombauld, auffi
vif qu'elle pour la Religion prétendue
réformée.

C'eft vous dont l'audace nouvelle
A rejetté l'Antiquité;
Et Dumoulin ne vous rappelle
Qu'à ce que vous avez quitté.
Vous aimez mieux croire à la mode :
C'eft bien la foi la plus commode,
Pour ceux que le monde a charmés;
Les femmes y font vos idoles ;
Mais à grand tort vous les aimez,
Vous qui n'avez que des paroles.

SAMUEL SORBIERE,

né dans le Diocefe d'Uzès l'an 1615,
mort en 1670.

I.

CLEMENT IX. avant fon élévation au Pontificat, étoit en grand
commerce de lettres avec Sorbiere; mais

il ne le traita jamais que comme son ami, fans avoir foin de fa fortune. Sorbiere s'en plaignoit plaifamment, en difant qu'il avoit plus befoin d'une charretée de pain que d'un baffin de confitures. On envoie, difoit-il, des manchettes à un homme qui n'a point de chemife.

II.

SORBIERE n'étoit pas favant. Il cherchoit à avoir commerce de lettres avec tous ceux dont la réputation étoit grande, afin de donner de l'éclat à la fienne. Il étoit en affez grande liaifon avec Hobbes & Gaffendi. Hobbes écrivoit à Sorbiere fur des matieres de Philofophie. Sorbiere envoyoit fes lettres à Gaffendi, & ce que Gaffendi répondoit, lui fervoit pour répondre aux lettres de Hobbes, qui croyoit Sorbiere grand Philofophe. A la fin le jeu fut découvert.

III.

SORBIERE appelloit les relations des

voyageurs, les Romans des Philofophes.

PIERRE. LE MOINE,
Jéfuite, né à Chaumont en Baffigny, l'an 1602, mort en 1671.

LE Pere Sirmond & le P. le Moine, tous deux Jéfuites, ont écrit fur des matieres bien différentes. L'un n'a fait que des Livres d'érudition; & l'autre n'a fait que des Livres François à l'ufage des Dames; comme, la Gallerie des femmes fortes, fes peintures morales, fa dévotion aifée, & autres de cette nature. Un jour le Frere portier des Jéfuites alla dire au P. Sirmond que des Dames le demandoient: Mon Frere, dit le P. Sirmond, fongez-vous bien à ce que vous dites? des femmes me demander! Sans doute vous vous méprenez; il faut néceffairement que ce foit le P. le Moine que ces Dames demandent.

II.

LE Pere le Moine dit à la tête de ses ouvrages, que l'eau de la riviere au bord de laquelle il a composé ses vers, est si propre à faire des Poëtes, que quand on en feroit de l'eau bénite, elle ne chasseroit pas le démon de la Poésie.

III.

QUELQUES Ecrivains se sont efforcés d'imiter Balzac. Le P. le Moine qui avoit de l'esprit & de l'imagination, a passé le but. Le P. Senault de l'Oratoire, disoit par cette raison, que c'étoit Balzac en Pantalon.

IV.

QUELQU'UN demandant à Despréaux, pourquoi il n'avoit pas parlé du P. le Moine dans ses écrits, il répondit :

Il s'est trop élevé pour en dire du mal,
Il s'est trop égaré pour en dire du bien.

M v

FRANÇOIS DE LA MOTHE LE VAYER, *né à Paris l'an 1588, mort en 1672.*

I.

QUAND il fut queſtion de donner un Précepteur au Roi Louis
XIV, on jetta d'abord les yeux ſur M.
le Vayer, comme ſur celui que le Cardinal de Richelieu avoit deſtiné à cette
fonction. Maïs la Reine ayant pris la réſolution de ne donner cet emploi à aucun
homme marié, il fallut par néceſſité le
donner à un autre. M. le Vayer fut chargé ſeulement de l'éducation de Monſieur, frere du Roi.

II.

La Mothe le Vayer ayant fait un Livre d'un dur débit, ſon Libraire lui en
fit des plaintes : Ne vous mettez pas en
peine, lui dit-il, je fais un ſecret pour
le faire acheter. Il employa ſes amis pour

le faire défendre. Dès qu'il fut défendu, tout le monde voulut l'avoir, & on fut bientôt obligé d'en faire une seconde édition.

III.

LE Pere Merſenne , Minime, ſavoit employer ingénieuſement les penſées des autres. Ce qui fit qu'un jour la Mothe le Vayer appella ce Philoſophe *le bon Larron.*

IV.

LA Mothe le Vayer parloit volontiers d'un Ecrivain ſcrupuleux , lequel fut vingt-quatre heures à rêver comment il feroit pour éviter de dire *ce feroit,* à cauſe de la reſſemblance des deux premieres ſyllabes.

V.

LES relations des pays éloignés étoient les délices de M. le Vayer. Comme il avoit la mort ſur les levres, Bernier ſon ami l'alla voir. Il ne l'eut pas

plutôt reconnu , qu'il lui dit : eh bien ,
quelles nouvelles avez vous du grand
Mogol ? Ce furent prefque ces dernieres
paroles ; il expira peu de temps après.

TANNEGUI LE FEVRE:
né à Caën en 1615, mort en 1672.

I.

TANNEGUI LE FEVRE , pere de
Madame Dacier , apprit le Grec
fans aucun fecours. On lui a fouvent entendu dire , que quand on a un peu d'efprit & de jugement , on n'a pas befoin
de maîtres pour les langues , & que la
plus grande difficulté , c'eft d'apprendre
à les lire.

I I.

LE Fevre eut de grands démêlés avec
l'Académie & le Confiftoire de Saumur,
où il étoit Régent, pour avoir écrit dans
un de fes ouvrages, qu'il pardonnoit à
Sapho d'avoir aimé les femmes, puifque

cette fureur lui avoit inspiré une belle Ode sur ce sujet. Ce n'étoit qu'une plaisanterie, que l'on prit sérieusement.

III.

LE Fevre fit un voyage à Paris, où M. Colbert chercha à l'arrêter par des propositions très - avantageuses. Il fut ébranlé ; mais tout d'un coup, & lorsque ses amis s'y attendoient le moins, il partit & s'en retourna à Saumur. On veut que ce fut le souvenir de Mademoiselle Liger, & l'impatience de la revoir, qui le déterminerent à partir si brusquement. Il pensa périr dans ce voyage sur la Loire, son bateau prenant l'eau de tous côtés. Quand il fut hors de danger, il fit le distique suivant :

Quid juvat haud periisse tuis, Ligerine, sub
undis,
Si pereo flammis, ô Ligerina, tuis ?

IV.

LE Fevre dédia son Commentaire sur

Lucrece à Péliffon, qui étoit à la Baftile.
Péliffon lui faifoit une penfion de cent
écus, qui lui étoit payée par Ménage,
parce que Péliffon ne vouloit pas qu'on
fût qu'elle venoit de lui. Elle fut payée
jufqu'à l'emprifonnement de Péliffon.
Ménage fit alors favoir à le Fevre, le
nom de fon bienfaiteur, qui n'étoit plus
en état de lui faire du bien.

ANTOINE GODEAU,

Évêque de Vence & de Graffe, né à
Dreux l'an 1605, mort en 1672.

I.

MONSIEUR Godeau étoit un peu
parent de M. Conrard, & lo-
geoit chez lui lorfqu'il venoit à Paris.
Les Poéfies qu'il y apportoit de Dreux,
donnerent lieu à M. Conrard d'affem-
bler dans fa maifon, quelques gens de
lettres, pour en entendre la lecture ; &

ces aſſemblées furent proprement l'ori-
gine de l'Académie Françoiſe.

II.

MONSIEUR Godeau fut fort goûté à
l'Hôtel de Rambouillet ; & c'étoit de lui
que Mademoiſelle de Rambouillet Julie
d'Angennes, diſoit dans une de ſes lettres à Voiture : » Il y a ici un homme
» plus petit que vous d'une coudée, &
» je vous jure, mille fois plus galant. »
Sa taille, & l'affection que cette Demoi-
ſelle lui témoignoit, lui firent alors donner le nom de *Nain de Julie.* Deſpréaux
diſoit auſſi de Godeau, que c'étoit un
Poëte toujours à jeun.

III.

LORSQUE l'Abbé Godeau préſenta au
Cardinal de Richelieu, la Paraphraſe
qu'il avoit faite en Vers, du Cantique
*Benedicite omnia opera Domini Domi-
no ;* le Miniſtre lui dit d'un ton gracieux:
M. l'Abbé, vous me donnez le *Benedicite,*

& moi je vous donnerai *Graſſe*. L'Evêché
de Graſſe lui fut en effet conféré quelques jours après.

IV.

MONSIEUR Godeau étant Evêque de
Graſſe, fut député de la part des Etats
de Provence, pour remontrer à la Reine
Anne d'Autriche, Régente du Royaume, que cette Province ne pouvoit pas
payer une ſomme conſidérable, qu'elle
lui avoit fait demander. Il dit entr'autres
choſes, dans ſa harangue, que la Provence étoit fort pauvre, & que comme
elle ne portoit que des Jaſmins & des
Orangers, on la pouvoit appeller une
gueuſe parfumée.

V.

MONSIEUR Godeau diſoit des Proven-
ceaux, qu'ils étoient riches de peu de
bien, glorieux de peu d'honneur, ſavans de peu de ſcience.

VI.

LORSQUE l'Histoire Ecclésiastique de M. Godeau, déjà Evêque, commença à paroître, le Pere le Cointe, de l'Oratoire, se trouva chez un Libraire avec quelques Savans. M. Godeau y étoit aussi. Il avoit eu soin de cacher toutes les marques de sa dignité, qui auroit pu le faire connoître. La conversation roula sur cette nouvelle Histoire; & suivant la coutume, assez ordinaire aux Savans, on en parla avec beaucoup de liberté. Le Pere le Cointe, convint qu'il y avoit des choses excellentes dans cet ouvrage; qu'on ne pouvoit rien lire de plus judicieux que ces réflexions : mais il ajoûta, qu'il auroit souhaité plus d'exactitude dans les faits, & plus de critique. Il fit ensuite remarquer quelques endroits qui l'avoient le plus frappé. M. Godeau écoutoit sans rien dire. Après le départ de ce Pere, il eut grand soin de savoir son nom

& sa demeure. Le même jour il se rendit à l'Oratoire, & se fit annoncer. On peut s'imaginer qu'elle fut la surprise du Pere le Cointe, lorsqu'il le vit. Il lui fit des excuses de son indiscrétion. Le Prélat le remercia au contraire de sa sincérité, le pria de continuer ce qu'il avoit commencé le matin, & lui fit cette priere avec tant d'instance, qu'il ne put lui refuser sa demande. Ils lurent ensemble cette Histoire, sur laquelle le Pere le Cointe fit d'amples remarques. Le Prélat, après l'en avoir remercié, en profita dans une nouvelle édition. Depuis ce temps, il honora le Pere le Cointe de son amitié.

VII.

LORSQUE M. Godeau eut fait imprimer la vie de S. Paul en Vers, il la porta au Ministre Daillé, qui étoit son intime ami. Cette vie étant contenue dans un Poëme assez court, M. Daillé le lut fur le champ, & en fa préfence : lorfqu'il vint à l'endroit dont il eft parlé au chap. 23 des actes des Apôtres, il fe mit à fourire en voyant là maniere avec laquelle M. Godeau décrivoit S. Paul attendant dans l'antichambre du fouverain Sacrifiteur, & s'amufant à regarder les tableaux qui y étoient. M. Godeau s'étant apperçu que M. Daillé fourioit, lui en demande la raifon. Celui-ci lui répondit : vous, Monfieur, qui avez fi bien fait l'Hiftoire de l'Eglife, & qui la poffédez fi bien, y avez-vous vu que les Juifs, depuis le retour de la captivité, aient eu des tableaux chez-eux ? M. Godeau reconnut fa faute & la corrigea.

VIII.

MONSIEUR Godeau difoit que la Paradis d'un Auteur, c'étoit de compofer; que fon Purgatoire c'étoit de relire & de retoucher fes compofitions; mais que fon Enfer étoit de corriger les épreuves de l'Imprimeur.

JEAN-BAPTISTE POCQUELIN
DE MOLIERE, *né à Paris l'an*
1620, mort en 1673.

I.

MOLIERE avoit un grand-pere qui l'aimoit éperdument ; & comme le bon-homme avoit de la paſſion pour la Comédie, il l'y menoit ſouvent. Le pere qui craignoit que ce plaiſir ne diſſipât ſon fils, & ne lui ôtât l'attention qu'il devoit à ſon métier, demanda un jour au bon-homme, pourquoi il menoit ſi ſouvent cet enfant au Théatre. Avez-vous envie, lui-dit-il avec indignation, d'en faire un Comédien? Plut à Dieu, lui répondit le grand-pere, qu'il fut auſſi bon Comédien que Belle-roſe ! Cette réponſe frappa le jeune homme, le dé-goûta de la profeſſion de Tapiſſier, & lui donna du goût pour la Comédie.

I I.

ON prétend que le Prince de Conti voulut faire le jeune Moliere son Secretaire, & qu'heureusement pour la gloire du Théatre François, Moliere eut le courage de préférer son talent à un poste honorable. Si ce fait est vrai, il fait également honneur au Prince & au Comédien.

I I I.

LES Mousquetaires, les Gardes du Corps, les Gendarmes, les Chevaux-legers entroient à la Comédie sans payer, & le Parterre en étoit toujours rempli ; de sorte que Moliere pressé par les Comédiens, obtint du Roi un ordre pour qu'aucune personne de sa Maison n'entrât à la Comédie sans payer. Ces Messieurs indignés, forcerent la porte de la Comédie , tuerent les portiers, & chercherent la troupe entiere pour lui faire éprouver le même traitement. Mais Béjart , qui étoit habillé en vieillard

pour la piece qu'on alloit jouer, se présenta sur le Théatre : *eh ! Messieurs,*
leur dit-il , *épargnez du moins un pauvre*
vieillard de soixante & quinze ans , qui
n'a plus que quelques jours à vivre. Le
compliment de ce jeune Comédien qui
avoit profité de son habillement pour
parler à ces mutins, calma leur fureur.
Moliere tint ferme, & l'ordre du Roi
fut depuis observé.

I V.

MOLIERE avoit le cœur admirable ;
Baron lui annonça un jour à Auteuil un
homme que l'extrême misere empêchoit
de paroître : il se nomme Mondorge,
ajouta-t-il. Je le connois , dit Moliere,
il a été mon camarade en Languedoc.
C'est un honnête-homme. Que jugez-
vous qu'il faille lui donner ? Quatre pistoles , dit Baron , après avoir hésité
quelque temps. Hé bien , répliqua Moliere , je vais les lui donner pour moi ;

donnez lui pour vous ces vingt autres que voilà. Mondorge parut ; Moliere l'embraffa , le confola , & joignit au préfent qui lui faifoit , un magnifique habit de Théatre , pour jouer les rôles tragiques.

V.

MOLIERE revenoit d'Auteuil avec le fameux muficien Charpentier. Il donna l'aumône à un pauvre , qui un inftant après fit arrêter le carroffe , & lui dit : Monfieur , vous n'avez pas eu deffein de me donner une piece d'or. Où la vertu va-t-elle fe nicher? s'écria Moliere, après un moment de réflexion : Tiens , mon ami , en voilà un autre.

VI.

MOLIERE difoit que le mépris étoit une pilule qu'on ne pouvoit bien avaler, mais qu'on ne pouvoit guere la mâcher fans faire la grimace.

VII.

MOLIERE étoit défigné pour remplir la premiere place vacante à l'Académie Françoife. La compagnie s'étoit arrangée au fujet de fa profeffion. Moliere n'auroit plus joué que dans les rôles du haut co-mique. Mais fa mort précipitée le priva d'une place bien méritée, & l'Académie d'un fujet fi propre à la remplir.

VIII.

MOLIERE fe préfenta un jour pour faire le lit du Roi. Un autre Valet-de-Chambre qui le devoit faire avec lui fe retira brufquement, en difant qu'il ne le feroit point avec un Comédien. Bel-locq, autre Valet-de-Chambre, homme de beaucoup d'efprit, & qui faifoit de très-jolis vers, s'approcha dans le mo-ment, & dit : M. de Moliere vous voulez bien que j'aie l'honneur de faire le lit du Roi avec vous. Cette aventure vint aux oreilles du Roi, qui fut très-mé-content

content qu'on eut témoigné du mépris à Moliere.

IX.

MOLIERE avoit commencé à traduire Lucrece dans sa jeunesse, & il auroit achevé cet Ouvrage sans un malheur qui lui arriva. Un de ses domestiques prit un cahier de cette Traduction pour faire des papillotes. Moliere, qui étoit facile à irriter, fut si piqué de ce contre-temps, que dans sa colere, il jetta sur le champ le reste au feu. Pour mettre plus d'agrément dans cette Traduction, il avoit rendu en Prose les raisonnemens Philosophiques, & il avoit mis en Vers toutes les belles descriptions qui se trouvent dans le Poëme de Lucrece.

X.

MOLIERE lisoit ses Comédies à une vieille servante nommée Laforêt; & lorsque les endroits de plaisanterie ne l'avoient point frappée, il les corrigeoit.

parce qu'il avoit plusieurs fois éprouvé
sur son Théatre que ces endroits ne réus-
sissoient point. Un jour Moliere pour
éprouver le goût de cette servante, lui
lut quelques scenes d'une Comédie
qu'il disoit être de lui, mais qui étoit
de Brécourt, Comédien. La servante
ne prit point le change, & après en
avoir oui quelques mots, elle soutint
que son maître n'avoit pas fait cette piece.

X I.

PERRAULT dit dans ses Hommes illustres, que le pere de Moliere, fâché du
parti que son fils avoit pris d'aller dans
les Provinces jouer la Comédie, le fit sol-
liciter inutilement par tout ce qu'il avoit
d'amis, de quitter cette pensée. Enfin, il
lui envoya le maître chez qui il l'avoit
mis en pension pendant les premieres
années de ses études, espérant que par
l'autorité que ce maître avoit eue sur lui
pendant ce temps-là, il pourroit le ra-

mener à son devoir ; mais bien-loin que
ce bon-homme lui persuadât de quitter
sa profession, le jeune Moliere lui persua-
da de l'embrasser lui-même , & d'être le
Docteur de leur Comédie ; lui ayant re-
présenté que le peu de Latin qu'il savoit,
le rendroit capable d'en bien faire le per-
sonnage , & que la vie qu'ils meneroient
seroit bien plus agréable que celle d'un
homme qui tient des pensionnaires.

XII.

RACINE regarda toujours Moliere
comme un homme unique ; & le Roi lui
demandant un jour quel étoit le premier des grands Ecrivains qui avoient
honoré la France pendant son regne , il
lui nomma Moliere : Je ne le croyois pas,
répondit le Roi ; mais vous vous y con-
noissez mieux que moi.

XIII.

SUR la fin de ses jours, Moliere ne vivoit que de lait : mais lorsqu'il alloit à sa

maison d'Auteuil, il engageoit Chapelle à faire les honneurs de sa table, & lui laissoit le choix des convives. Moliere s'étant allé coucher un soir, laissa ses amis à table. La conversation tomba insensiblement sur la Morale vers les trois heures du matin. Que notre vie est peu de chose, dit Chapelle ! qu'elle est remplie de traverses ! nous sommes à l'affut pendant trente ou quarante ans pour jouir d'un moment de plaisir que nous ne trouvons jamais. Notre jeunesse est harcellée par de maudits parens qui veulent que nous nous mettions un fatras de faribolles dans la tête : Je me soucie morbleu bien, ajouta-t-il, que la Terre tourne ou le Soleil ; que ce fou de Descartes ait raison, ou cet extravagant d'Aristote. J'avois pourtant un enragé Précepteur, qui me rebattoit toujours de ces fadaises-là, & qui me faisoit sans cesse retomber sur son Epicure ; encore passe pour ce

Philofophe là, c'étoit lui qui avoit le plus de raifon. Nous ne fommes pas débarraffés de ces fous là, qu'on nous étourdit les oreilles d'un établiffement. Toutes ces femmes font des animaux qui font ennemis jurés de notre repos. Oui, morbleu, chagrins, injuftices, malheurs de tous côtés dans cette vie-ci. Tu as parbleu raifon, mon cher ami, répondit J...., en l'embraffant. La vie eft un pauvre partage; quittons-là, de peur qu'on ne fépare d'auffi bons amis que nous le fommes; allons nous noyer de compagnie; la riviere eft à notre portée. Cela eft vrai, dit N.... nous ne pouvons jamais mieux prendre notre temps pour mourir bons amis, & dans la joie; & notre mort fera du bruit. Ainfi ce glorieux deffein fut approuvé tout d'une voix. Ces yvrognes fe levent, & vont gaiement à la riviere. Baron courut avertir du monde, & éveiller Moliere, qui fut effrayé de cet extravagant projet, parce qu'il connoiſſoit le vin de ſes amis. Pendant qu'il ſe levoit, la troupe avoit gagné la riviere, & ils s'étoient déjà ſaiſis d'un bateau pour prendre le large, afin de ſe noyer en plus grande eau. Des domeſtiques & des gens du lieu furent promptement à ces débau‧ chés qui étoient déjà dans l'eau , & les repêcherent. Indignés du ſecours qu'on venoit de leur donner, ils mettent l'épée à la main, courent ſur leurs ennemis, les pourſuivent juſques dans Auteuil , & les vouloient tuer : ces pauvres gens ſe ſauvent la plupart chez Moliere, qui voyant ce vacarme, dit à ces furieux: Qu'eſt-ce donc que ces coquins-là vous ont fait, Meſſieurs ? Comment, ventre‧ bleu , dit J…. qui étoit le plus opiniâtre à ſe noyer , ces malheureux nous empê‧ chent de nous noyer ? Ecoute , mon cher Moliere , tu as de l'eſprit , vois ſi nous avons tort. Fatigués des peines de ce monde-ci, nous avons fait deffein de paffer en l'autre pour être mieux. La ri-viere nous a paru le plus court chemin pour nous y rendre, ces marauds nous l'ont bouché. Pouvons-nous faire moins que de les en punir? Comment! Vous avez raifon, répondit Moliere : fortez d'ici coquins, que je ne vous affomme, dit-il à ces pauvres gens, paroiffant en co-lere; je vous trouve bien hardis de vous oppofer à de fi belles actions. Ils fe reti-rerent marqués de quelques coups d'épée.

Comment, Meffieurs, pourfuit Mo-liere, que vous ai-je fait pour former un fi beau projet fans m'en faire part? Quoi! vous voulez vous noyer fans moi? Je vous croyois plus de mes amis. Il a par-bleu raifon, dit Chapelle, voilà une in-juftice que nous lui faifons. Viens donc te noyer avec nous. Oh ! doucement, répondit Moliere, ce n'eft point ici une affaire à entreprendre mal - à - propos;

c'eſt la derniere action de la vie, il n'en faut pas manquer le mérite. On feroit aſſez malin pour lui donner un mauvais jour ; ſi nous nous noyons à l'heure qu'il eſt, on diroit à coup ſûr que nous l'aurions fait la nuit comme des déſeſpérés ou comme des gens ivres. Saiſiſſons le moment qui nous faſſe le plus d'honneur. Demain ſur les huit à neuf heures du matin, bien à jeun, & devant tout le monde, nous irons nous jetter la tête devant dans la riviere. J'approuve fort ſes raiſons, dit N..... & il n'y a point le petit mot à dire. Morbleu, j'enrage, dit L.... Moliere a toujours cent fois plus d'eſprit que nous. Voilà qui eſt fait, remettons la partie à demain, & allons nous coucher, car je m'endors. Sans la préſence d'eſprit de Moliere, il feroit infailliblement arrivé du malheur, tant ces Meſſieurs étoient ivres & animés contre ceux qui les avoient empêchés de ſe noyer.

XIV.

MOLIERE n'étoit pas seulement bon
Auteur & excellent Acteur ; il avoit toujours eu soin de cultiver la Philosophie.
Chapelle & lui ne se passoient rien sur
cet article là : celui là pour Gassendi ;
celui-ci pour Descartes. Un jour qu'ils
revenoient d'Auteuil, ils firent naître
une dispute. Ils prirent un sujet grave
pour se faire valoir devant un Minime
qu'ils trouverent dans leur bateau. J'en
fais juge le bon Pere, dit Moliere, si le
systême de Descartes n'est pas cent fois
mieux imaginé que tout ce que M. Gassendi a débité pour nous faire passer les
rêveries d'Epicure. Passe pour sa morale, mais le reste ne vaut pas la peine
qu'on y fasse attention. N'est-il pas vrai,
mon Pere, ajouta Moliere ? Le Religieux répondit par un *hom*, *hom*, qui
faisoit entendre aux Philosophes qu'il
étoit connoisseur en cette matiere ; mais

il eut la prudence de ne fe point mêler dans une converfation fi échauffée. Oh! parbleu, mon Pere, dit Chapelle, qui fe crut affoibli par l'apparente approbation du Minime, il faut que Moliere convienne que Defcartes n'a formé fon fyftême que comme un Méchanicien, qui imagine une belle machine fans faire attention à l'exécution. Le fyftême de ce Philofophe eft contraire à une infinité de phénomenes de la nature que le bon homme n'avoit pas prévus. Le Minime fembla fe ranger du côté de Chapelle par un fecond *hom, hom.* Moliere, outré de ce qu'il triomphoit, redouble fes efforts avec une chaleur de Philofophe pour détruire Gaffendi par de fi bonnes raifons, que le Religieux fut obligé de s'y rendre par un troifieme *hom, hom* obligeant, qui fembloit décider la queftion en fa faveur. Chapelle s'échauffe, & criant à pleine tête pour convertir fon juge,

il ébranla fon équité par la force de fes
poumons : je conviens que c'eft l'homme du monde qui a le mieux rêvé,
ajouta Chapelle ; mais morbleu il a pillé
fes rêveries par-tout, & cela n'eft pas
bien. N'eft-il pas vrai, mon Pere, dit-il
au Minime ? Le Moine qui convenoit de
tout obligeamment, donna auffi-tôt un
figne d'approbation, fans proférer une
feule parole. Moliere, fans fonger qu'il
étoit au lait, faifit avec fureur le moment
de rétorquer l'argument de Chapelle.
Les deux Philofophes en étoient aux
convulfions & prefque aux invectives
d'une difpute Philofophique, quand ils
arriverent devant les Bons-hommes. Le
Religieux les pria qu'on le mit à terre :
il les remercia gracieufement, & applaudit fort à leur profond favoir. Mais avant
que de fortir du bateau, il alla prendre
fous les pieds du batelier fa beface qu'il
y avoit mife en entrant. C'étoit un Frere

Jay: les deux Philofophes n'avoient point
vu fon enfeigne ; & honteux d'avoir perdu le fruit de leur difpute devant un
homme qui n'y entendoit rien , ils fe re-
garderent l'un l'autre fans fe rien dire.
Moliere revenu de fon abattement, dit
à Baron, qui étoit de la compagnie,
mais d'un âge à négliger une pareille
converfation : Voyez, petit garçon, ce
que fait le filence quand il eft obfervé
avec conduite. Voilà comme vous faites
toujours, Moliere, dit Chapelle ; vous
me commettez fans ceffe avec des ânes
qui ne peuvent favoir fi j'ai raifon. Il y
a une heure que j'ufe mes poumons, &
je n'en fuis pas plus avancé.

XV.

MOLIERE étoit fort ami du célebre
Avocat Furcroi, homme redoutable par
la capacité & par la grande étendue de
fes poumons ; ils eurent une difpute à
table en préfence de Defpréaux. Molie-

re se tourna du côté du Satyrique, & dit : *Qu'est-ce que la raison avec un filet de voix, contre une gueule comme cela ?*

XVI.

J'ÉTOIS à la premiere représentation des *Précieuses Ridicules* de Moliere, dit Ménage, & tout l'Hôtel de Rambouillet s'y trouva. La piece fut jouée avec un applaudissement général. Au sortir de la Comédie, prenant M. Chapelain par la main : Monsieur, lui dis-je, nous approuvions, vous & moi, toutes les sottises qui viennent d'être critiquées si finement & avec tant de bon sens ; mais croyez-moi, pour me servir de ce que Saint Remi dit à Clovis : *il nous faudra brûler ce que nous avons adoré, & adorer ce que nous avons brûlé.*

XVII.

UN jour que l'on représentoit cette piece, un vieillard s'écria du milieu du parterre, *courage, courage, Moli* ce *voilà la bonne Comédie.*

XVIII.

UN bon Bourgeois de Paris, vivant bien noblement, s'imagina que Moliere l'avoit pris pour l'originale de son *Cocu imaginaire*. Il crut devoir en être offensé, & il en marqua son ressentiment à un de ses amis : comment, lui dit-il, un petit Comédien aura l'audace de mettre impunément sur le Théatre, un homme de ma sorte ! je me plaindrai, ajoûta-t-il ; en bonne police, on doit réprimer l'insolence de ces gens-là. Ce sont les pestes d'une Ville ; ils observent tout, pour le tourner en ridicule. L'ami, qui étoit homme de bon sens, lui dit : eh ! Monsieur, si Moliere a eu intention sur vous en faisant son Cocu imaginaire, de quoi vous plaignez-vous ? Il vous a pris du beau côté, & vous seriez bienheureux d'en être quitte pour l'imagination. Le Bourgeois, quoique peu satisfait de la réponse de son ami, ne laissa pas d'y

faire quelque réflexion , & ne retourna
plus au Cocu imaginaire.

XIX.

LE Roi , en sortant de la premiere
représentation des *Fâcheux* , dit à Moliere , en voyant passer le Comte de
Soyecourt, insupportable chasseur : voilà
un grand original que tu n'as pas encore
copié. C'en fut assez : la scene du Fâcheux chasseur fut faite & apprise en
moins de vingt-quatre heures ; & comme
Moliere n'entendoit rien au jargon de
la chasse , il pria le Comte de Soyecourt
lui-même , de lui indiquer les termes
dont il devoit se servir.

XX.

L'ÉCOLE des femmes , éprouva dans
sa naissance , de grandes contradictions.
Plapisson , qui passoit pour un grand Philosophe , étoit sur le Théatre pendant la
représentation , & à tous les éclats de
rire , que le parterre faisoit , il haussoit

les épaules & regardoit le parterre en pitié ; & quelquefois auſſi le regardant avec dépit, il diſoit tout haut : Ri donc, parterre, ri donc. Le Duc de.... ne fut pas un des moins zélés cenſeurs de cette piece. Qu'y trouvez-vous à redire d'eſſentiel, lui dit un connoiſſeur ? Ah, parbleu, ce que j'y trouve à redire eſt plaiſant ! s'écria le Duc : *Tarte à la créme*. Mais *Tarte à la créme* n'eſt point un défaut, répondit le bel eſprit, pour la décrier comme vous faites. *Tarte à la créme* eſt exécrable, repliqua le Courtiſan : *Tarte à la créme*, bon Dieu ! avec du ſens commun, peut-on ſoûtenir une piece où l'on ait mis *Tarte à la créme ?* Cette expreſſion fut bientôt répétée par tout le monde. Moliere fit jouer peu de temps après la Critique de l'Ecole des femmes. *La Tarte à la créme* n'y fut pas oubliée ; & quoique ce mot étant devenu proverbe, la raillerie que Moliere en fit dans la Critique,

fut partagée entre ceux qui l'avoient employé ; le Seigneur qui favoit en être
l'original, fut fi vivement piqué d'être
mis fur le Théatre, qu'il s'avifa d'une
vengeance auffi indigne d'un homme de
fa qualité, qu'elle étoit imprudente. Un
jour qu'il vit paffer Moliere par un appartement où il étoit, il l'aborda avec
les démonftrations d'un homme qui vouloit lui faire careffe. Moliere s'étant in-
cliné, il lui prit la tête ; & en lui difant :
*Tarte à la crême, Moliere, Tarte à la
crême*, il lui frotta le vifage contre fes
boutons, qui étant fort durs & fort tran-
chant, le mirent en fang. Le Roi qui vit
Moliere le même jour, apprit la chofe
avec indignation, & le marqua au Duc
d'une maniere affez vive.

XXI.

MADEMOISELLE de Brie avoit joué
d'original, le rôle d'Agnès dans l'Ecole des femmes. Les Comédiens la voyant

vieillir, l'engagerent à céder ce rôle à Mademoiselle Ducroisi, qui épousa depuis Poisson second. Dès que la jeune Actrice parut sur le Théatre, tout le Parterre demanda si hautement Mademoiselle de Brie, qu'on fut obligé de l'aller chercher chez elle ; & elle joua en son habit de Ville, avec des applaudissemens qui ne finissoient point. Elle garda le rôle jusqu'à 65 ans.

XXII.

LE fameux Comte de Grammont a fourni à Moliere, l'idée de son *Mariage forcé*. Ce Seigneur, pendant son séjour à la Cour d'Angleterre, avoit fort aimé Mademoiselle Hamilton. Leurs amours même avoient fait du bruit, & il repassoit en France sans avoir conclu avec elle. Les deux freres de la Demoiselle le joignirent à Douvres, dans le dessein de faire avec lui le coup de pistolet. Du plus loin qu'ils l'apperçûrent, ils lui crie-

rent : Comte de Grammont, n'avez-vous
rien oublié à Londres ? Pardonnez-moi,
répondit le Comte, qui devinoit leur intention ; j'ai oublié d'époufer votre fœur,
& j'y retourne avec vous pour finir cette
affaire.

XXIII.

L'Amour Médecin, eft le premier
ouvrage dans lequel Moliere ait attaqué
les Médecins. Il logeoit chez un Médecin, dont la femme extrêmement avare, dit à Mademoifelle Moliere, qu'elle
vouloit augmenter le loyer de la portion
de Maifon qu'elle occupoit. Celle-ci
ne daigna pas feulement l'écouter ; &
fon appartement fut loué à un autre.
Moliere époufa en cette occafion la paffion de fa femme, & attaqua le Médecin. Depuis ce temps-là, il n'a ceffé de
tourner en ridicule la Médecine. Il défi-
niffoit un Médecin : un homme que l'on
paie pour conter des fariboles dans la

chambre d'un malade, jufqu'à ce que la nature l'ait guéri, ou que les remedes l'aient tué.

XXIV.

Tout le monde fait que le Mifantrope fut d'abord mal reçu, & qu'il ne fe foûtint au Théatre qu'à la faveur du Médecin malgré lui. On rapporte un fait fingulier, qui peut avoir contribué à la difgrace de la meilleure Comédie qui ait été jamais faite. A la premiere repréfentation, après la lecture du Sonnet d'Oronte, le Parterre applaudit : Alcefte démontre dans la fuite de la fcene, que les penfées & les vers de ce Sonnet étoient

De ces colifichets dont le bon fens murmure.

Le Public confus d'avoir pris le change, s'indifpofa contre la Piece.

XXV.

Lorsque Moliere donna fon Mifantrope, il étoit brouillé avec Racine. Un flatteur crut faire plaifir au dernier, après la premiere repréſentation, en lui diſant : la piece eſt tombée, rien n'eſt ſi froid ; vous pouvez m'en croire, j'y étois. Vous y étiez ? reprit Racine, & moi je n'y étois pas : cependant je n'en croirai rien, parce qu'il eſt impoſſible que Moliere ait fait une mauvaiſe piece ; retournez-y & examinez la mieux.

XXVI.

ON ſait que les ennemis de Moliere voulurent perſuader au Duc de Montauſier, fameux par ſa vertu ſauvage, que c'étoit lui que Moliere jouoit dans le Miſantrope. Le Duc de Montauſier alla voir la piece, & dit en ſortant, qu'*il auroit bien voulu reſſembler au Miſantrope de Moliere.*

XXVII.

IL y a une Anecdote aſſez plaiſante au ſujet de la chanſon *qu'ils ſont doux, bouteille ma mie, &c.* que chante Sganarelle dans le Medecin malgré lui ; M.

Rofe, de l'Académie Françoife & Sé-
crétaire du cabinet, fit des paroles La-
tines fur cet air, d'abord pour fe divertir, & enfuite pour faire une petite piece à Moliere, à qui il reprocha
chez le Duc de Montaufier d'être plagiaire; ce qui donna lieu à une fort vive
& plaifante difpute. M. Rofe foutint
toujours en chantant les paroles Lati-
nes, que Moliere les avoit traduites
en François d'une épigramme Latine
imitée de *l'Anthologie;* voici ces paroles.

Quam dulces,
Amphora amœna,
Quam dulces
Sunt tuœ voces!
Dum fundis merum in calices;
Utinam femper effes plena!
Ah, ah, cara mea lagena,
Vacua cur jaces!

XXVIII.

LA premiere repréfentation du Tartuffe fit un bruit étonnant dans Paris : les dévots pousserent les hauts cris , & le Parlement défendit de jouer cette Comédie. On étoit assemblé pour la seconde représentation , lorsque la défense arriva , Messieurs , dit Moliere , en s'adressant à l'assemblée , nous comptions aujourd'hui avoir l'honneur de vous donner le Tartuffe ; *mais M. le premier Président ne veut pas qu'on le joue.*

XXIX.

CE même mot fut tourné d'une maniere un peu différente par des Comédiens de Province. Ils étoient dans une ville dont l'Evêque étoit mort depuis peu. Le Successeur moins favorable au Spectacle , donna ordre que les Comédiens partissent avant son entrée. Ils jouerent encore la veille ; *& comme s'ils eussent dû jouer le lendemain* , celui qui annonça dit : Messieurs, vous aurez demain le Tartuffe.

X X X.

HUIT jours après que le Tartuffe eut été défendu, on repréſenta à la Cour une piece intitulée *Scaramouche Hermite*; & le Roi en ſortant dit au Grand Condé : je voudrois bien ſavoir pourquoi les gens qui ſe ſcandaliſent ſi fort de la Comédie de Moliere, ne diſent rien de celle de *Scaramouche* ; à quoi le Prince répondit : la raiſon de cela eſt, que la Comédie de *Scaramouche* joue le Ciel & la Religion, dont ces Meſſieurs là ne ſe ſoucient point ; mais celle de Moliere les joue eux-mêmes, ce qu'ils ne peuvent ſouffrir.

X X X I.

LORSQUE Moliere fit jouer ſon Tartuffe, on lui demanda de quoi il s'aviſoit de faire des Sermons. Pourquoi ſera-t-il permis, répondit-il, au Pere Maimbourg de faire des Comédies en Chaire, & qu'il ne me ſera pas permis de faire des Sermons ſur le Théâtre ?

X X X I I.

XXXII.

UN jour qu'on repréſentoit le Tartuffe, Champmélé qui n'étoit point encore alors dans la troupe, fut voir Moliere dans ſa loge qui étoit proche du
Théatre. Comme ils en étoient aux complimens, Moliere s'écria : Ah, chien !
ah, bourreau ! & ſe frappoit la tête comme un poſſédé. Champmélé crut qu'il
tomboit de quelque mal, & il étoit fort
embarraſſé. Mais Moliere qui s'apperçut
de ſon étonnement, lui dit : ne ſoyez
pas ſurpris de mon emportement ; je
viens d'entendre un Acteur déclamer
fauſſement & pitoyablement quatre vers
de ma piece : & je ne ſaurois voir maltraiter mes enfans de cette force là,
ſans ſouffrir comme un damné.

XXXIII.

MADAME Dacier qui a fait honneur
à ſon ſexe par ſon érudition, & qui lui
en eut fait davantage, ſi avec la ſcience

des Commentateurs, elle n'en eut pas eu
l'esprit, fit une Differtation pour prouver que l'Amphitrion de Plaute étoit fort
au-deffus du moderne ; mais ayant oui
dire que Moliere vouloit faire une Comédie des Femmes favantes, elle fuppri-
ma fa Differtation.

X X X I V.

LORSQUE Moliere fe préparoit à donner fon George-Dandin, un de fes amis
lui fit entendre qu'il y avoit dans le monde un Dandin qui pourroit fe reconnoître dans la piece, & qui étoit en état par
fa famille, non-feulement de la décrier,
mais encore de le deffervir dans le monde. Vous avez raifon, dit Moliere à
fon ami ; mais je fais un moyen fûr de
me concilier l'homme dont vous parlez:
j'irai lui lire ma piece. Au fpectacle, où
il étoit affidu, Moliere lui demanda une
de fes heures perdues pour lui faire une
lecture. L'homme en queftion fe trouva

fi honoré de ce compliment, que toutes affaires ceffantes, il donna parole pour le lendemain, & il courut tout Paris pour tirer vanité de la lecture de cette piece. Moliere, difoit-il à tout le monde, me lit ce foir une Comédie, voulez-vous en être. Moliere trouva une nombreufe affemblée & fon homme qui préfidoit. La piece fut trouvée excellente ; & lorfqu'elle fut jouée, perfonne ne la faifoit mieux valoir que celui qui auroit pû s'en fâcher, une partie des fcenes que Moliere avoit traitées dans fa piece, lui étant arrivées. Ce fecret de faire paffer fur le Théatre des traits un peu hardis, a été trouvé fi bon, que plufieurs Auteurs l'ont mis en ufage depuis avec fuccès.

XXXV.

LE Bourgeois Gentilhomme fut joué la premiere fois à Chambord : le Roi n'en dit pas un mot, & tous les Courti-

sans en parlerent avec le dernier mépris.
Le déchaînement étoit si grand, que Moliere n'osoit se montrer : il envoyoit
seulement Baron à la découverte, qui
lui rapportoit toujours de mauvaises nouvelles. Au bout de cinq ou six jours on joua
cette piece pour la seconde fois. Après
la représentation, le Roi qui n'avoit pas
encore porté son jugement, dit à Moliere : je ne vous ai point parlé de votre piece à la premiere représentation,
parce que j'ai appréhendé d'être séduit
par la maniere dont elle avoit été re-
présentée ; mais en vérité, Moliere,
vous n'avez encore rien fait qui m'ait
mieux diverti, & votre piece est excellente. Aussi-tôt l'Auteur fut accablé de
louanges par les Courtisans, qui répé-
toient, tant bien que mal, ce que le
Roi venoit de dire à l'avantage de cette
piece.

XXXVI.

LA scene 5e de l'acte 3e est l'endroit des Femmes savantes qui a fait le plus de bruit. Trissotin & Vadius y sont peints d'après nature ; car l'Abbé Cotin étoit véritablement l'auteur du Sonnet à la Princesse Uranie. Il l'avoit fait pour Madame de Nemours, & il étoit allé le montrer à *Mademoiselle*, Princesse qui se plaisoit à ces sortes de petits ouvrages, & qui d'ailleurs consideroit fort l'Abbé Cotin, jusques là même qu'elle l'honoroit du nom de son ami. Comme il achevoit de lire ses vers, Ménage entra ; Mademoiselle les fit voir à Ménage sans lui en nommer l'auteur : Ménage les trouva, ce qu'effectivement ils étoient, détestables. Là-dessus nos deux Poëtes se dirent à peu près l'un à l'autre, les douceurs que Moliere a si agréablement rimées. Peu de temps

après la mort du pauvre Cotin, on fit
ces quatre vers :

Savez-vous en quoi Cotin
Differe de Triſſotin ?
Cotin a fini ſes jours,
Triſſotin vivra toujours.

XXXVII.

DANS le Malade imaginaire , la derniere piece que Moliere ait miſe au
Théatre , il y a un M. Fleurant Apothicaire , bruſque juſqu'à l'inſolence ,
qui vient une ſéringue à la main pour
donner un lavement au malade. Un honnête homme frere de ce prétendu malade,
qui ſe trouve là dans ce moment , le dé-
tourne de le prendre , dont l'Apothicaire
s'irrite , & lui dit toutes les impertinen-
ces dont les gens de ſa ſorte ſont capables. La premiere fois que cette piece
fut jouée , l'honnête homme répondit
à l'Apothicaire : allez, Monſieur, on
voit bien que vous n'avez coutume de par-

ler qu'à des culs. Tous les auditeurs qui étoient à la premiere repréfentation, s'en indignerent; au lieu qu'on fut ravi à la feconde, d'entendre dire : *allez, Monfieur, on voit bien que vous n'avez pas accoutumé de parler à des vifages.*

XXXVIII.

DESPRÉAUX n'approuvoit pas le jargon que Moliere mettoit dans la bouche de fes payfans, & de quelques autres de fes perfonnages. Vous ne voyez pas, difoit-il, que Plaute ni fes confreres aient eftropié la langue en faifant parler des villageois ; ils leur font tenir des difcours proportionnés à leur état, fans qu'il en coûte rien à la pureté du langage. Otez cela à Moliere, continuoit-il, je ne lui connois point de fupérieur pour l'efprit & le naturel : ce grand homme l'emporte de beaucoup fur Corneille, fur Racine & fur moi ; car, ajoutoit-il en riant, il faut bien que je me mette de la partie.

XXXIX.

MOLIERE étant mort, les Comédiens se difpofoient à lui faire un convoi magnifique : mais M. de Harlai, Archevêque de Paris, ne voulut pas permettre qu'on l'inhumât. La femme de Moliere alla fur le champ à Verfailles, fe jetter aux pieds du Roi, pour fe plaindre de l'injure que l'on faifoit à la mémoire de fon mari, en lui refufant la fépulture. Mais le Roi la renvoya, en lui difant que cette affaire dépendoit du miniftere de M. l'Archevêque, & que c'étoit à lui qu'il falloit s'adreffer. Cependant, Sa Majefté fit dire à ce Prélat, qu'il fît en forte d'éviter l'éclat & le fcandale. M. l'Archevêque révoqua donc fa défenfe, à condition que l'enterrement feroit fait fans pompe & fans bruit. Il fut fait par deux Prêtres, qui accompagnerent le corps fans chanter : & on l'enterra dans le Cimetiere, qui eft derriere la Cha-

pélle de S. Joseph , dans la rue Mont-
martre. Tous ses amis y assisterent, ayant
chacun un flambeau à la main. Mademoiselle Moliere s'écrioit par-tout : *quoi,*
l'on refuse la sépulture à un homme qui
mérite des autels ?

XL.

UN Abbé crut faire sa cour au Grand
Condé, en lui présentant l'épitaphe qu'il
avoit faite pour Moliere : ah , lui dit ce
Prince , que celui dont tu me présente
l'épitaphe , n'est-il en état de faire la
tienne !

XLI.

DEUX ou trois ans après la mort de
Moliere, il fit un hiver très-rude. La
Veuve de ce grand homme , fit porter
cent voies de bois sur la tombe de son
mari, & les y fit brûler pour chauffer les
pauvres du quartier. La grande chaleur
du feu fendit en deux la pierre qui cou-
vroit la tombe.

XLII.

DANS une préface que les Anglois ont mife à la tête de la traduction de Moliere, ils comparent les ouvrages de ce grand comique à un gibet. Le vice, dit-on, & le ridicule y ont été exécutés, & y demeurent expofés comme fur le grand chemin, pour fervir d'exemple aux Auteurs.

XLIII.

ON voit aujourd'hui des Auteurs qui, parce qu'ils font jeunes, voudroient nous faire croire que Moliere a vieilli. La chofe eft rifible, dit un fort bel efprit ; mais il manque de rieurs.

HENRIETTE DE COLIGNI,
depuis Madame de la Suze, mort
en 1673.

I.

LA jalousie que Monsieur de la Suze conçut contre elle, lui fit prendre la résolution de la mener à une de ses Terres. On prétend que la Comtesse, pour éviter de l'y suivre, abjura la Religion Protestante, qu'elle professoit comme son mari, ce qui donna occasion à ce bon mot de la Reine de Suede, que Madame de la Suze s'étoit fait Catholique, pour ne voir son mari ni en ce monde ni en l'autre. La défunion augmenta entr'eux, ou par le changement de Religion ou par la jalousie continuelle du Comte, ce qui inspira à la Comtesse le dessein de se démarier, en quoi elle réussit, ayant offert à son mari vingt-cinq mille écus, pour n'y pas mettre d'opposition, ce

qu'il accepta. Le mariage fut ainfi caffé
par Arrêt du Parlement. On dit encore
un bon mot à ce fujet ; que la Comteffe
avoit perdu cinquante mille écus dans
cette affaire , parce que fi elle avoit attendu encore quelque temps , au lieu de
donner vingt-cinq mille écus , elle les
auroit reçus de lui pour s'en défaire.

I I.

Or trouvoit quelquefois Madame de
la Suze habillée & parée de grand matin. Quand on lui demandoit la raifon ,
elle répondoit fimplement : *c'eft que j'ai
écrit ;* pour faire connoître qu'elle mettoit d'ordinaire tous fes atours avant d'é-
crire.

I I I.

ON ne pouvoit pas voir des affaires
plus dérangées que celles de Madame de
la Suze. Un Exempt , accompagné de
quelques Archers , vint un jour chez elle
fur les huit heures du matin , pour faifir

ſes meubles : ſa femme de chambre l'alla avertir auſſi-tôt. Elle fit entrer l'Exempt étant encore dans ſon lit , & le pria avec inſtance de vouloir bien la laiſſer repoſer encore deux heures, parce qu'elle n'avoit point dormi de la nuit, ce qui lui fut accordé. Elle ſe rendormit juſqu'à dix heures qu'elle s'habilla pour aller dîner en ville , & paſſa enſuite dans ſon antichambre , où elle fit de grands complimens à l'Exempt, & le remercia fort de ſon honnêteté , en lui diſant tranquillement : je vous laiſſe le maître , & elle ſortit ainſi de ſa maiſon.

IV.

MADAME de Chatillon plaidoit au Parlement de Paris contre Madame la Comteſſe de la Suze. Ces deux Dames ſe rencontrant tête à tête dans la Salle du Palais , M. de la Feuillade qui donnoit la main à Madame de Chatillon , dit d'un ton Gaſcon à Madame de la Suze, qui étoit accompagnée de Benſerade & de quelques autres Poëtes de réputation : *Madame, vous avez la rime de votre côté, & nous avons la raiſon.* Madame de la Suze piquée de cette raillerie, repartit fiérement & faiſant la mine : *ce n'eſt donc pas, Monſieur, ſans rime ni raiſon que nous plaidons.*

Fin du Tome premier.